MON ÂME FRÈRE

Aux âmes sœurs, aux amies de cœur.

G. A.

www.actes-sud-junior.fr

Éditeur : François Martin assisté de Fanny Gauvin.
Directeur de création : Kamy Pakdel.
Conception graphique : Christelle Grossin.
Maquette : Catherine Fantini.

ISBN 978-2-330-11142-7
Loi 49-956 du 16 juillet 1949 sur les publications destinées à la jeunesse.

JANVIER

1

– Bon alors, Camille… C'est bien qu'on puisse se parler cinq minutes parce que, je ne sais pas si tu réalises que là, ça ne va plus du tout. Est-ce que tu t'en rends compte ?

Je hausse les épaules, prise au dépourvu. Je ne pensais pas que le rendez-vous d'orientation démarrerait tout de suite aussi mal. Mme Lepage consulte son ordi.

– Tu te souviens des vœux que tu as formulés avant le premier conseil de classe, fin novembre ?

– Ben oui…

– Il me semble qu'on avait été assez clairs à ce moment-là, non ? On avait déjà noté un petit fléchissement dans plusieurs matières et on t'avait encouragée à te reprendre très vite.

Elle tourne son écran vers moi pour me montrer le graphe de mes notes du premier trimestre, pointant les matières où ma courbe est en dessous de la moyenne de la classe. Elle passe à la courbe de mes derniers résultats :

– Le mois de janvier n'est pas terminé et c'est de pire en pire ! Même en français, j'ai trouvé ton dernier commentaire tout juste médiocre. Je ne te reconnais plus. Qu'est-ce qui t'arrive ?

– J'étais un peu fatiguée ces jours-ci, mais je vais me reprendre.

– Tu envisages quoi pour ton orientation ?

– Ben… toujours pareil. Bac littéraire et prépa…

Mme Lepage étouffe un petit gloussement :

– Oui enfin, prépa… Si tes résultats continuent de suivre la courbe actuelle…

– De toute façon, j'avais pas le niveau en maths…

– Mais il ne suffira pas de t'en sortir vaguement en français ! J'ai fait ce que j'ai pu au dernier conseil de classe pour qu'on ne pousse pas trop vite tes parents à "ouvrir les choix" pour ton orientation mais, vu ton absence quasi totale de travail ce mois-ci, et dans toutes les matières, il faut que tu comprennes que tes plans d'excellence commencent à devenir irréalistes ! L'année va passer très vite, Camille !

J'essuie rapidement une larme que je sens grossir au coin de mon œil.

– Tu peux être une élève brillante quand tu veux. Tu as la chance d'être dans un lycée qui t'offre une voie royale vers les grandes écoles. Tu pourrais nous faire une très bonne prépa littéraire et tu es en train de te torpiller toute seule. C'est la pression ? Quelque chose ne va pas ?

Mon silence lui dit clairement que je veux qu'elle me foute la paix. J'ai envie de partir en courant. Mme Lepage se penche au-dessus de la table qui nous sépare.

– Tu dois *absolument* te remettre au travail d'arrache-pied, Camille. Il est encore temps. Et je vais te prendre un rendez-vous avec la conseillère d'orientation.

Elle pianote déjà sur son ordi. J'ouvre la bouche mais Mme Lepage coupe toute protestation :

– Et ce n'est pas une punition ! Mme Zitouni est là pour écouter les élèves qui rencontrent des difficultés. Je ne suis pas en train de te diriger doucement vers une voie de garage, je cherche au contraire à ce que tu ne finisses pas par y arriver toute seule !

2

– Franchement, je sais pas où j'en serais si je ne t'avais pas dans ma vie…

Yanis me répond d'un sourire en caressant mes cheveux. Il adore mes cheveux. De l'autre main, il attrape son portable qui vient de vibrer. On est là, sur le canapé de sa mère, lui vautré, moi allongée, la joue sur sa cuisse, et je me dis que l'existence serait cool si je pouvais ne la passer qu'avec lui. La télé en fond sonore, je le contemple, son regard à la fois intense et absent rivé sur son téléphone.

– On perd tellement de temps dans cette vie ! Quand je ne suis pas avec toi, je perds mon temps.

Yanis laisse son téléphone pour m'écouter avec attention. Personne d'autre ne m'écoute comme lui. Je fronce les sourcils.

– Ça me fait bizarre que tu ne connaisses rien de ma vie au lycée. J'aimerais parler de toi à tous ceux qui ne te connaissent pas, qu'ils sachent qui tu es, à quel point tu es important pour moi… Si seulement on était restés ensemble, comme au collège ! T'imagines ? C'est trop con que ta mère ait voulu te mettre dans le privé…

– J'aurais jamais été pris dans ton lycée. Moi, ce que j'aime pas, c'est que tu puisses vivre hors de moi. Tu vois ce que je veux dire ? Que, quand je ne suis pas là, tu vives des trucs que je ne vois pas, avec des gens que je ne connais même pas. Ça me rend dingue, des fois. Que tu puisses devenir une autre Camille.

– C'est vrai que je deviens trèèès différente ! J'ai des poils qui poussent partout sur mon corps, des dents et des griffes longues comme ça, et mon visage prend une teinte verdâtre. Si seulement tu pouvais voir ça !

– T'es chiante ! Chaque fois que je veux être sérieux, tu me prends à la légère !

– Mmmh ! Oh oui, Yanis, prends-moi à la légère !

Je me surprends d'avoir été aussi suggestive. Ma voix, mon regard… Mais je n'ai pas pu m'en empêcher. L'ambiance a changé d'un coup. Yanis ne sourit plus, ses yeux brillent et sa respiration tremble un peu. Contre ma joue, sa cuisse s'est réchauffée. C'est fou le pouvoir des mots !

Je résiste à l'envie de me reprendre, de dissiper le malentendu. Parce que je ne veux pas qu'il se dissipe. Et qu'il n'y a pas de malentendu. J'aime avoir provoqué ce moment. J'aime être avec Yanis dans ce trouble-là. J'aime le troubler. Et je commence à rêver à d'autres choses qu'à ses baisers. Alors, je laisse le silence faire résonner ma phrase, la faire grandir, lui donner mille sens, et la répéter à ma place. Puisque jamais je ne ferai autant confiance à quelqu'un, puisqu'on a déjà beaucoup pris notre temps tous les deux, et puisqu'on est seuls.

Je me redresse pour m'asseoir face à lui. Je continue à sourire. Pourtant, je n'en mène pas large mais je ne veux pas le décourager. Yanis passe à nouveau ses doigts dans mes cheveux. Je sens que je dois agir. Je pose ma main sur son ventre. Je visais le buste mais mon mouvement a été si maladroit et retenu que j'ai atterri sur le ventre. Affolée par ma propre audace, je soulève un peu son sweat pour glisser mes doigts sur sa peau et je remonte doucement le long de ses côtes, vers le dos. Sa peau est si douce que j'en suis bouleversée. Je pourrais pleurer. Yanis ferme les yeux en frémissant. J'ai l'impression enivrante de prendre le contrôle de son corps. Un corps encore tout entier à découvrir. Mon autre main soulève un peu plus ses vêtements pour dévoiler son torse. Il m'aide, retirant en même temps son sweat et son t-shirt, avec des gestes raides qui trahissent sa peur. Pourtant il n'a aucune raison d'avoir peur. Ce qu'il dévoile pour mes yeux n'est que beauté pure. Toute cette peau brune, ambrée, ces kilomètres de peau devant moi me donnent le vertige.

Yanis rouvre les yeux en me repoussant brusquement. En catastrophe, il se précipite dans un coin de la pièce pour remettre son sweat.

Le claquement de la porte d'entrée me fait comprendre. Sa mère tend la tête depuis le couloir. Elle m'aperçoit avec surprise.

– Tiens, Camille… tu es là ?

Elle vient pour me faire la bise mais son élan se brise en entrant dans le salon. Yanis se tient debout à côté de la télé, les bras ballant bêtement, son sweat enfilé à l'envers. Il improvise un sourire tellement bizarre qu'il fait s'évanouir les dernières chances que sa mère ne se doute de rien. Je suis tétanisée par la gêne. Après une brève inspiration, sa mère force un sourire encore plus crispé que celui de son fils (c'est vrai qu'il lui ressemble !).

– Ça… ça va bien ? J'aurais peut-être dû te prévenir que je rentrais plus tôt, mais bon…

Une voix de petite fille timide sort de ma bouche :

– Bonjour, Delphine. Je… j'allais partir.

Yanis ramasse vite fait le t-shirt en boule qu'il n'a pas eu le temps de remettre. Les lèvres pincées, sa mère file vers la cuisine. J'ouvre la porte d'entrée, ma doudoune et mon sac dans les bras. Je voudrais déjà être dans la rue.

– Bon ben… bonne soirée.

3

Mes parents ont plein de vieux CD. Certains étaient même aux parents de ma mère. Ce que j'aime, par rapport aux playlists que je me fais en ligne, c'est qu'aucun algorithme, aucun vendeur d'iPhone n'est là pour surveiller quel genre de trucs j'ai envie d'écouter. Je sélectionne toujours une grande pile, en choisissant au pif, selon la pochette, et je me lance le challenge d'écouter au moins quinze secondes de tous les titres. Parfois je tombe sur quelque chose qui me plaît ou qui me surprend. Le jeu, c'est de trouver les chansons qui parlent le mieux de ce que je ressens ce jour-là. Donc aujourd'hui, challenge "amour et désir joyeux".

Je me méfie des jugements définitifs sur la vraie bonne musique et sur ce qui serait nul ou commercial. Souvent, c'est du snobisme. Les chanteurs les plus pourris sont parfois les plus justes. J'essaie tout. Pas d'*a priori*.

Yanis : T'es là ?

Camille : Oui

Yanis : Je peux t'appeler ?

Ah là là ! Rien que son nom sur mon écran, et j'ai déjà un sourire idiot sur la figure !

Avec Yanis, on se connaît depuis la cinquième mais ça fait à peine plus d'un mois qu'on a quitté la *friendzone*. On peut dire qu'on ne s'est pas pressés. Je déteste le mot "sortir ensemble". On ne sort pas ensemble, on s'approche l'un de l'autre, lentement, progressivement.

– Tu fais quoi ?

– Je cherche une chanson qui me rappelle toi.

Je lance un premier CD et je m'allonge sur le tapis du salon, ma joue contre le téléphone pour remplacer sa cuisse.

– Ta mère a rien dit ?

– Elle avait pas l'air ravie mais on n'a pas parlé. Elle est sortie faire des courses.

– C'est bête alors, on aurait pu continuer ce qu'on avait commencé…

– …

Je repense à sa peau, à ses yeux fermés, à sa respiration. Je me sens heureuse et frustrée. Yanis laisse un long silence. Il y a souvent de très longs silences entre nous au téléphone, comme si on était ensemble pour de vrai et qu'on n'avait pas besoin de toujours se parler.

– Je me rappelle qu'avant, enfin tu vois, quand on était au collège, le soir, je prenais des feuilles et j'écrivais partout "Yanis, je t'aime", comme si ça pouvait t'atteindre. Ça me fait rire quand j'y repense ! Ensuite, je les déchirais en tout petits morceaux pour que personne ne découvre mon secret. Et puis, souvent, je me disais qu'on allait juste rester amis, ou qu'on finirait par se perdre, et ça me crevait le cœur. Ça paraît tellement loin… Yanis ?… Yanis ?

Il a raccroché ?

Camille : T'as raccroché ?

La porte de la chambre de ma sœur s'ouvre à la volée. Lise me hurle dessus :

– Tu peux pas baisser le son ou mettre le casque ? J'arrive pas à travailler, moi !

– J'aime pas le casque.

– Et toi, t'as travaillé ou t'es restée à glander sur le tapis depuis que t'es rentrée ?

– T'es pas ma mère.

– Je te pose juste une question. Je te vois pas beaucoup bosser, ces derniers temps.

– Gnagnagna…

– Pauvre fille ! Je me demande ce que tu vas faire de ta vie si tu continues comme ça !

– Je me ferai entretenir par ma sœur ingénieure !

Je mets un nouveau CD en montant le son au maximum pour couvrir sa voix. Lise repart se cloîtrer dans sa chambre, où elle va sûrement bachoter jusqu'au dîner et au-delà. Qu'elle se les garde, son bac scientifique, maths sup et son avenir parfait. Faudrait surtout qu'elle arrête de me surveiller.

Yanis : Téléphone pas possible. Ma mère est rentrée, j'étais censé bosser mes maths.

Je me rallonge pour lire le second message.

Yanis : Sermon sur la confiance, mon avenir et l'abus de téléphone. Je sais pas si on va pouvoir continuer à se voir chez moi le lundi.

Camille : Si on se voit pas le lundi, on va plus jamais se voir !

Yanis : Elle veut appeler tes parents !

Ma gorge se serre. Le lustre Habitat oscille légèrement au-dessus moi. J'ai l'impression qu'il va me tomber dessus.

Camille : Il faut absolument qu'on trouve un moyen de se voir plus librement, tous les jours !

J'attrape le boîtier du CD en train de passer.

Camille : Je crois que j'ai trouvé la chanson qui correspond à ce que je ressens pour toi, juste maintenant !

Yanis : C'est quoi ?

Camille : "I feel love", Jimmy Somerville. Une chanson pleine de lonnnngs soupirs !

Je souris en écoutant les gémissements langoureux qui s'accélèrent et j'espère que le cœur de Yanis aussi se met à battre un peu plus vite.

Le son se coupe brusquement. Lise débranche rageusement la chaîne et emporte le câble d'alimentation dans sa chambre en claquant sa porte derrière elle. Je soupire.

Yanis vibre dans ma main.

Yanis : Quand je pense à toi, tout mon être chavire et les rats quittent le navire de peur de se noyer dans l'Amoûûûr !

4

– Hé ! Tu ne rentres pas dans ma chambre comme ça !

Ma mère ne m'écoute même pas. Elle s'appuie sur mon bureau, juste à côté de moi. Coup de bol, je viens de me mettre à travailler. Elle jette un œil à l'assiette pleine de miettes posée sur mes classeurs.

– Vous avez dîné ?

– J'ai mangé deux croques. Lise a pas bougé de sa chambre. Elle est peut-être morte, je sais pas.

Ma mère ne relève même pas. Elle me tend l'écran de son portable.

– C'est quoi ces notes ?

Je fixe le graphe que la prof m'a déjà montré tout à l'heure.

– 4 en maths, 6 en allemand… et 8 à ton commentaire de français ! Tes trois premières notes depuis la rentrée ! Et je découvre par la même occasion que tu as un rendez-vous dont tu ne nous as jamais parlé avec la conseillère d'orientation !

– Ah, ça ! Tout le monde en a un ! C'est juste un rendez-vous de routine pour faire le point.

Elle a l'air de me croire. Son visage s'éclaircit un peu.

– Bon, j'ai eu peur qu'on en soit à remettre en question ton orientation ! Mais quand même, ces notes, Camille… Qu'est-ce qui s'est passé ?

– J'avoue, je ne m'étais pas assez préparée. J'ai eu un coup de mou après Noël.

Ça ne prendra pas avec mon père mais, avec elle, le profil bas peut fonctionner. Elle consulte mes devoirs sur son téléphone en étouffant un bâillement.

– Tu as fait l'exercice 45 ?

– J'ai tout fini pour demain. Là, je suis sur mon latin pour jeudi. Et si tu ne me laisses pas bosser, je vais encore me coucher à quatre heures et avoir des mauvaises notes à mes éval' !

– Il va quand même falloir qu'on surveille ton travail d'un peu plus près. Tu comprends que c'est ton avenir qui est en jeu ?

– Vous me le répétez tous les jours ! Tiens, toi aussi tu as du boulot !

– Ben voyons, ma journée n'a pas été assez longue…

Elle prend à contrecœur les documents à signer que je lui tends et quitte ma chambre en les parcourant du regard.

J'ai eu chaud mais j'ai échappé au pire : il n'a pas été question de mes escapades du lundi chez Yanis. Sa mère n'a pas dû appeler mes parents. Mais j'ai quand même intérêt à bien faire semblant de ronfler quand mon père va rentrer.

Mon ventre me fait mal. Je crois que j'ai peur.

*

Yanis : Tu dors ?

Camille : Non. Je fais semblant. Mes parents sont en train de se disputer à propos de moi dans la cuisine. C'est horrible.

Camille : Pourvu qu'on en arrive jamais là, nous deux ! Mon père est tellement égoïste. J'ai peur de devenir comme lui.

Yanis : T'inquiète ! Je te surveillerai et je te dirai de te calmer.

Camille : Merci.

Yanis : C'est incroyable comme on est pareils ! Moi non plus je voudrais jamais ressembler à mon père. Sauf qu'il est pas là, lui au moins !

Camille : Que j'aie pu toucher ton dos nu, tout à l'heure, ça me rend folle rien que d'y penser !

Ça me met quand même un peu mal à l'aise d'écrire ça. Yanis m'envoie sa photo, lui aussi tête sur l'oreiller, avec le plus doux des sourires et une truffe de petit chien rajoutée sur l'image.

Nouvelle photo. Le même selfie mais avec un groin de cochon à la place de la truffe. Message codé ? Je souris.

5

Quand elle arrive au bout du couloir, je sais tout de suite que je n'ai rien à attendre d'elle. Je n'espérais pas grand-chose mais je ressens quand même une pointe d'amertume et de déception. La conseillère d'orientation marche jusqu'à moi, avec un air presque surpris de me trouver devant la salle où nous avons rendez-vous. Je me lève pour la suivre pendant qu'elle me tient la porte.

Après s'être installée, elle relit des notes que Mme Lepage a dû lui transmettre sur mon parcours. Je suis déjà résignée. Son visage fatigué, sa respiration bruyante et son âge avancé ne m'inspirent aucune confiance, et surtout pas l'espoir d'une aide providentielle.

– Bien ! soupire-t-elle avec un enjouement artificiel. On dirait que tout ne se passe pas pour le mieux au lycée, en ce moment.

C'est reparti pour un tour ! En plus, elle zozote légèrement...

– J'ai juste eu un petit coup de mou. Mais c'est bon, je vais me reprendre.

– Apparemment, toi et ta famille aviez des vœux très précis pour l'année prochaine ?

Je récite d'une voix monocorde :

– Première littéraire, khâgne, Normale sup.

– Et ensuite ? Cet ambitieux parcours a-t-il un but précis ?

Je hausse les épaules, évasive.

– La culture ou le journalisme…

– Eh bien, c'est déjà un début de piste ! Alors…

Elle consulte son ordi. Je la déteste. Je lui en veux tellement d'être incapable de me faire sortir de mon rôle, de changer nos dialogues pré-écrits et de gagner ma confiance. Comment est-ce qu'elle pourrait me comprendre ? Elle me fait quand même un peu de peine, tellement je la trouve dépassée. Elle me proposerait un bac "ramassage de cornichons", que je répondrais "Tiens oui, j'y avais pas pensé, merci, ciao !", rien que pour pouvoir partir.

– Heureusement, il y a tout de même d'autres voies que l'École normale supérieure pour les métiers de la culture, même si on n'y pense pas souvent. L'université, voire des filières professionnelles… As-tu déjà consulté la documentation en ligne sur le site du CIO ?

– Ah ben non… Je devrais peut-être commencer par là, en fait !

Je suis déjà prête à la quitter, la main sur mon sac, un sourire niais sur mon visage.

– Je te propose qu'on regarde un peu ensemble. Comme ça, tu pourras me poser tes questions pour préciser ton projet. Je ne suis là que deux jours par semaine pour mille trois cents élèves, autant profiter de notre entretien…

– Non mais laissez tomber ! Je vais plutôt faire comme j'ai dit, en fait !

Elle marque un temps d'arrêt, sceptique. Je répète patiemment :

– Khâgne et tout… Mon premier choix.

– Oui. Mais il va peut-être falloir envisager d'ouvrir un peu les choix ! Tu es dans un lycée où il faut travailler. Et quand le travail est insuffisant, mieux vaut ne pas se retrouver sans le moindre plan B. Alors… Pourquoi la culture, Camille ?

Elle ne me lâchera pas. Je soupire de mauvaise grâce :

– Ben… J'ai des facilités en français. J'aime bien lire. J'aime bien écouter de la musique aussi… Voilà.

– Ah… Et tu lis beaucoup ?

– Mmmh.

Je ne me donne même plus la peine de formuler des phrases. Elle me parle comme à une gamine ou à une débile et je vois bien que ma mauvaise humeur la rend fébrile. Pitié, finissons-en !

– Et quels genres de livres aimes-tu lire, par exemple, Camille ?

– Je sais pas. Un peu de tout.

– Mais encore ? On essaie de te trouver des centres d'intérêt pour guider nos recherches…

Je la regarde dans les yeux. Qu'est-ce que je peux lui dire pour qu'elle me foute la paix ?

– Du *yaoi.*

– Bon. Explique-moi ce que c'est que le *yaoi.*

– Des mangas pleins de scènes de sexe torrides entre garçons.

Grand silence. Mon sourire est insolent.

– C'est bon, j'peux partir ?

Je sens que j'ai gagné le droit d'activer mon siège éjectable.

6

Notre entrée dans le café ne pourrait pas être plus bruyante. Il y a Inès et Mathilda, avec qui je passe mon temps depuis la rentrée, mais aussi Constance, Nouria, Sara et une de ses copines que je ne connais pas, Tom, Icham et Gabin.

Nos rires et nos cris dérangent les clients déjà présents. On se fraie un chemin jusqu'au fond de la salle avec la discrétion d'un troupeau de gnous en transhumance. Puis, on fait demi-tour vers la terrasse parce que, finalement, Sara veut pouvoir fumer une clope. Une fois qu'on a trouvé des tables proches d'un parasol chauffant, on échange nos places au moins dix fois avant de nous asseoir. On est un peu hystériques mais ça fait du bien !

Je pique une clope à Sara. J'ai besoin de décompresser. Dans la vitrine, je vois le serveur se diriger vers nous. C'est toujours le même, un mec plutôt mignon dans les vingt-cinq ans, mais qu'on n'a pas vu sourire une seule fois. Pourtant, on vient presque toutes les semaines depuis novembre. Tom chuchote très vite :

– C'est à qui le tour ?

– Nouria, c'était à Nouria !

Nouria déteste nos "jeux de dégénérés".

– Ah non ! Moi, je joue pas ! Non, non, je vous dis !

– Allez, Nouria ! Il arrive ! Fais pas ta timide !

– C'est bon, intervient Gabin. Je prends son tour !

– Toi ?

Constance s'étouffe de rire.

– Tu vas le draguer ?

– Remarque, il a peut-être plus de chance que nous !

Le serveur arrive. Notre jeu, donc, c'est de réussir à le dérider, ou au moins à le troubler, en le draguant lourdement, à tour de rôle. Pour le moment, on a toutes échoué lamentablement. Le serveur se campe devant nous avec impatience.

– Je vous mets la même chose que d'habitude ?

Inès et Sara pouffent. Gabin le fixe en battant des cils. Honnêtement, je ne l'aurais pas cru capable de jouer à ce jeu, macho comme il est. Il me surprend, parfois. Il susurre d'une voix sensuelle :

– Oh oui, tout comme d'habitude !

Le serveur lui décoche un regard consterné avant de repartir. On sait qu'on est très bêtes mais on se marre. C'est sûr qu'on pourrait choisir un endroit plus accueillant. Sauf que c'est le seul café abordable du quartier. Et puis c'est *notre* repaire. On l'a élu, on y a vécu plein de beaux moments et personne ne nous déboulonnera de nos places.

– Un beau râteau pour Gabin ! conclut Nouria. Ça valait la peine de se ridiculiser !

– Ça m'aurait vexée que tu fasses mieux que nous ! ajoute Inès. Il n'est pas gay, ça se voit.

Gabin lui fait son regard de tombeur.

– Mon charme légendaire n'opère que sur les spécimens féminins, c'est bien connu…

Aucune fille ne commente. Gabin nous a déjà toutes draguées au moins une fois et on évite d'en parler parce que ce n'est pas l'aspect de sa personnalité qu'on apprécie le plus. Avec moi, il a essayé avant que je sois "officiellement" avec Yanis. Il m'avait sorti une connerie, genre "On t'a jamais dit que tu étais belle ?" et je lui avais gentiment répondu d'aller se faire foutre. Il est un peu con, Gabin, je dois le reconnaître. Il prend beaucoup de place et il se vante tout le temps. Juste nous deux, on ne serait jamais devenus potes. Mais il a un rôle dans le groupe. C'est lui qui met l'ambiance, qui évite qu'on parle de sujets clivants. C'est compliqué, les groupes. Il faut toujours s'éclater alors qu'en réalité, il y a plein de frictions. Ça m'arrive de me demander ce qu'on fait tous ensemble. Ou ce que je fais avec eux, moi.

Les portables passent de main en main. Les conversations se mélangent et se croisent. Entre deux éclats de rire, on parle de nos séries préférées, de nos notes, du devoir de sciences, de prépas et de nos embrouilles.

Yanis arrive à ce moment-là, avec ses amis Marie et Jules, qui lui servent d'alibi pour rassurer sa mère. Je les ai déjà croisés une ou deux fois. Je ne les adore pas. Peut-être parce que je suis jalouse du temps qu'ils partagent avec lui, dans son autre vie. Le courant ne passe pas entre nous. Je les trouve super sages, un peu puérils, et ça me fait bizarre que Yanis soit avec des gens comme eux.

C'est la première fois qu'il peut nous rejoindre ici. D'habitude, il a cours jusqu'à 18 heures. Aujourd'hui, son prof est en formation ou un truc comme ça, et je me sens toute fiévreuse de le voir débarquer dans mon autre vie à moi. Ma vie sans lui. Mes potes dévisagent discrètement l'amoureux qu'ils n'avaient vu qu'en photo.

Je ne sais pas ce qui me prend, à rester assise, presque indifférente. Je sens que je devrais aller les accueillir, leur faire une place près de moi, mais je n'arrive pas à me décider. Tom et Nouria finissent par se serrer pour leur permettre d'installer des chaises à l'autre bout de la table, avant que ça devienne gênant. L'ambiance s'est rafraîchie. C'est ma faute. Pourtant, je leur en veux à eux. Parce qu'on s'amusait bien, avant leur intrusion.

Yanis enjambe les genoux des autres pour venir me faire une bise très brève (on ne se roule jamais des pelles en public, je déteste les couples qui font ça !). Il jette un regard fâché vers ma cigarette.

– Ah, tu fumes, maintenant ?

Son ton paternel m'a vexée. Gabin ne loupe pas cette occasion de revenir au centre de l'attention. Il prend un accent racaille pour beugler :

– Wesh ! Comment elle va se faire disputer par son keum !

Je réponds sèchement :

– C'est bon ! Je ne vais pas demander la permission ! Je suis une grande fille !

– On a vu ça ! réplique-t-il en louchant sur ma poitrine. "Quel gabarit !"

Tout le monde se marre. Depuis que je leur ai raconté la fois où deux vieux pervers m'avaient sifflée dans la rue en s'écriant "Quel gabarit !", ils me ressortent cette réplique à la moindre occasion. Sauf que Yanis n'est pas au courant. Je ne lui avais pas raconté à lui, cette histoire. Parce que j'avais peur de le rendre jaloux, mais aussi parce qu'au fond, je ne l'avais pas appréciée, cette remarque sur la taille de mes seins qui me complexe déjà bien assez.

Yanis part commander à boire. Il ne me regarde pas quand il revient s'asseoir à côté de Marie. La conversation a repris comme avant leur arrivée. Ils ne s'intègrent pas du tout. Ils discutent entre eux, avec l'air de s'ennuyer. Marie fait franchement la tronche. Je n'arrive pas à capter une seule fois le regard de Yanis.

J'ai été nulle, je le sais, et je ne vois plus comment me rattraper. Je me force à rire aux histoires de Gabin et Mathilda. Quand tout le monde se lève pour se quitter, Inès me prend le bras avec sollicitude.

– Il te fait la gueule ou quoi, ton mec ?

Yanis est en train de s'éloigner avec ses amis, sans m'avoir parlé, ni même me dire salut ! Et je me sens la personne la plus méprisable du monde.

7

– T'aurais quand même pu me dire au revoir !

– Tu sentais le cendrier.

C'est comme une gifle. Assise dans la cage de l'escalier de mon immeuble, je me mords la lèvre. Je sais que j'ai pas été sympa, au café. J'étais de mauvaise humeur, j'avais pas envie de faire d'efforts. La voix de Yanis siffle dans mes écouteurs :

– Tu sais que j'aime pas quand tu fumes.

– Je pensais pas que c'était si grave ! Je suis pas accro, non plus. Je maîtrise.

– C'était qui, l'autre connard ?

– … Gabin ? Non mais, t'as pas pris ses blagues au sérieux ?

– Ah ouais, très drôles, ses blagues ! En plus, vous avez l'air de très bien vous entendre !

– T'es pas jaloux, quand même ?

– J'aurais des raisons de l'être ?

– Tu sais bien que non !

– Ben, des fois, j'en suis plus si sûr !

– T'es dégueulasse.

– Je déteste quand je vois d'autres garçons s'intéresser beaucoup à toi, comme ça.

– Tu peux pas être jaloux de Gabin ! Les garçons comme lui, c'est… c'est juste des *mecs* ! Tu comprends ? Toi, t'es pas comme eux, t'es pas comme tout le monde. T'es tellement plus intéressant que tous ces débiles, sportifs et encombrants. Comment tu veux que je te compare à eux ?

– Ouais, les filles, elles font genre "on aime les garçons sensibles, pas les machos" mais le premier caïd qui montre ses pecs en parlant fort, vous le regardez en riant comme des mouettes.

– Tu crois que c'était facile pour moi ? T'avais l'air de préférer rester avec Jules et Marie que de rencontrer mes amis. En te voyant avec eux, je me disais que nos mondes étaient tellement différents que je devais te paraître nulle, que tu ne pouvais pas m'aimer vraiment.

Yanis se calme.

– Toi aussi, tu sais bien que non ! Bon, c'était… c'était raté, c'est tout !

Quelqu'un appelle l'ascenseur depuis un étage au-dessus.

– Je suis désolée si j'ai été conne. Nos deux groupes fonctionnaient pas ensemble. En tout cas, je ne fumerai plus, si t'aimes pas !

– *Ça va, t'es libre ! Je te rappelle que je ne suis pas un macho sportif et encombrant !*

– Je ne veux pas te perdre pour des choses aussi bêtes. C'est agréable sur le coup et puis après, j'ai honte de moi.

Silence dense entre nous. Je me relève pour monter lentement les marches. La voix de Yanis se fait plus douce :

– *Sinon, t'as fait quoi, aujourd'hui ?*

J'ai un peu de mal à repasser à une conversation normale mais je me force.

– Comme d'hab, j'ai tout foiré au lycée. Je vais pas finir l'année, si ça continue ! Ils vont me virer avant. J'aurai jamais mon bac.

– *Arrête de stresser parce que t'as deux notes en dessous de 10 !*

Mon ventre se tord. Pourquoi il veut pas m'entendre ? Et pourquoi j'arrive pas à lui en parler plus clairement, au moins à lui ? Yanis s'ouvre une canette. J'entends le bruit très nettement. Il doit être devant son frigo.

– *Et sinon ?*

– Sinon… En ce moment, je lis *Les Hauts de Hurlevent.* C'est un livre super connu que j'avais envie de lire depuis longtemps. C'est drôle, le personnage, je l'imagine un peu comme toi. Mais bon, c'est dans ma tête… Apparemment, toutes les filles adorent cette histoire mais elle m'énerve, en fait ! Je sais pas trop pourquoi. Tous ces trucs romantiques, je trouve ça malsain. Mais je vais quand même essayer de le terminer !

Comme souvent, Yanis n'a rien à dire sur mes lectures mais il sait que ça me fait du bien de les partager avec lui. C'est fou comme je me raccroche à la musique et aux bouquins dès que je suis sans lui ! C'est-à-dire la plupart du temps, malheureusement. J'essaie de lire un peu de tout et je me force à aller jusqu'au bout, pourvu que ça me fasse sortir de ma vie : ce que je trouve dans la bibliothèque de ma mère, des occasions vendues sur le trottoir, et plein de bouquins du CDI. Tout, sauf les livres qu'on doit étudier en classe. Ceux-là, je ne sais pas pourquoi, je bloque.

La minuterie s'éteint, me plongeant dans le noir, la présence silencieuse de Yanis dans mon oreille. Je peux presque l'imaginer à côté de moi. Je me sens mieux.

8

– Tu ne rentres pas dans ma chambre comme ça !

Je regrette tout de suite ma phrase en voyant l'air furieux de mon père. Je ne l'ai même pas entendu revenir du boulot.

– Ça fait combien de temps que tu nous mens ?

Je suis paralysée, incapable de chercher une réponse.

– Tu n'es pas allée à ton cours de natation depuis trois semaines ! Trois semaines !!!

Yanis m'avait dit que sa mère allait appeler mes parents. Pourquoi je n'ai même pas préparé une excuse ? Mon père retient encore sa colère.

– Et je découvre que si on n'a pas été prévenus de tes absences, c'est parce que le numéro que tu as donné à la piscine pour nous joindre, c'est *ton* numéro de portable ! C'est toi qui as reçu leurs SMS ! Tu te fous de nous ?

Il marque un silence pour essayer de se calmer. Je devine le visage contrarié de ma mère dans l'encadrement de ma porte et la silhouette statufiée de ma sœur, un peu derrière. Je tente la sincérité, je n'ai plus que ça en réserve :

– Le lundi, c'est le seul jour où on peut encore se voir avec Yanis, à cause de nos emplois du temps…

Mon père se met à crier :

– Yanis, Yanis ! C'est pas Yanis qui passera ton bac à ta place. Y a pas que Yanis dans la vie !

– Si !!! je lui hurle dessus en me levant d'un bond. Justement, si !

Mon père pète un câble. Il me pousse pour me faire rasseoir sur le lit en hurlant plus fort que moi :

– Tu as vu tes notes ? Tu ne fous plus rien ! On fait tout pour toi, et toi rien en retour ! Mais vas-y, arrête l'école et va te trouver un boulot de caissière !

Mes mains, ma tête, ma respiration, tout s'est mis à trembler. Mon père crie, me traite d'égoïste. Alors je me mets à gueuler qu'il est malade. Je ne lui ai encore jamais tenu tête comme ça. Il me frappe le bras en hurlant que je deviens foncièrement méchante. Je croise le regard de ma mère, moitié sévère moitié résigné. Sur mon oreiller, mon portable signale un message de Yanis. Mon père l'attrape avant moi.

– Alors déjà, ça c'est fini ! Plus de téléphone dans la chambre !

– J'en ai besoin !

– Pas dans ta chambre !

– Mais lâche-moi ! Tu me fais mal !

Il me tire par le poignet pour me forcer à le suivre. Ma sœur recule sur le seuil de sa chambre, effrayée. Mon père me traîne dans l'appartement et pose violemment mon téléphone sur le buffet de l'entrée.

– Règle numéro un : à partir de maintenant, à la maison, ton portable reste ici !

Il lâche mon poignet. Il m'a fait mal.

– Règle numéro deux : on gèle ton argent de poche et les sorties du samedi soir. Le lundi, tu reviens à la maison à 19 h 30, directement après la natation, et à 17 h 15 tous les autres soirs de la semaine. Ne cherche pas à me rouler, je connais ton planning !

Je fixe un point dans le vide. Il faut laisser passer la tempête. Lise a baissé les yeux. Elle pense comme moi qu'elle va être mise à contribution pour ma surveillance et ça ne la réjouit pas du tout. Mais on se trompe toutes les deux.

– … Et règle numéro trois : à partir de maintenant, ton téléphone est sous surveillance.

– Qu… quoi ?

– J'ai déjà installé l'appli sur nos portables. Je tiens juste à te prévenir. Ta mère et moi, on saura où tu es, quand, qui tu appelles, quels sites tu fréquentes, à qui tu envoies des messages et qui t'en envoie…

– Mais ça va pas ?

Ma voix se tord dans les aigus.

– Donc, soit tu changes tout de suite ton attitude, soit je bloque tous tes contacts, Yanis le premier, et les seules personnes que tu pourras appeler ensuite, ce sera nous. Alors réfléchis bien, mademoiselle Je-fous-plus-rien !

Je reste muette. Sur l'écran de mon téléphone, le message de Yanis me supplie toujours d'être lu.

– Je ne pensais pas qu'on allait devoir te fliquer en permanence. Mais puisqu'on ne peut pas te faire confiance… Allez, file dans ta chambre !

Je disparais dans le couloir, les joues en feu.

FÉVRIER

9

Mon grand lapin,

(Vu tes dernières photos, je devrais t'appeler par d'autres noms d'animaux mais… j'ose pas !)

Bon en fait, j'ai pas vraiment envie de rire. Comme je te l'ai dit ce matin dans mon message, je ne vais pas pouvoir t'appeler ou t'écrire aussi souvent que d'habitude, bien que je recherche activement une solution à mon problème. Tu vas halluciner : mes parents ont mis un mouchard dans mon portable ! On se croirait dans un film d'espionnage ! Je ne sais pas exactement ce qu'ils peuvent voir ni ce qu'ils peuvent faire, mais c'est hyper angoissant. Et j'ai plus de sous pour m'acheter un autre téléphone, même pourri. C'est pour ça que j'ai été si longue à te répondre.

Est-ce qu'ils ont aussi accès à mon ordi ? Je deviens parano.

Ce matin, en me levant, quand j'ai trouvé ton message, tu sais, celui où tu disais que tu aimerais bien à nouveau sentir mes mains sur ton corps et tout… Bref, ce matin, ma mère était encore à la maison. Elle m'attendait, son manteau sur le dos, avec un air préoccupé. Et, accroche-toi, elle veut me faire prendre la pilule ! Je suis sûre qu'elle avait lu ton message avant moi ! Je les hais !!! Voilà pourquoi je t'écris tout ça sur cette belle copie double, parce que ça me stresse à mort.

Je suis en pleine dissert de français. Il est 9 h 14 et j'en ai encore pour presque trois heures ! En plus, je n'ai pas eu le temps de manger ce matin. Je vais mourir ! Mon sujet, tu vas rire, c'est : "Dire l'amour, dire l'absence. En quoi la poésie et la fiction opèrent-elles différemment ?" Ça ne m'évoque qu'une seule personne, devine laquelle ?

10 h 15 : J'ai mon plan et une première copie remplie mais je sèche pour ma deuxième partie, alors je t'écris !

Tu sais, je t'en ai pas vraiment parlé mais c'est pas la joie au lycée. T'as pas de quoi être jaloux de ma vie ! Les gens m'aiment bien, les filles sont gentilles. Surtout Inès, toute timide, qui s'accroche pour rester avec moi malgré mon sale caractère. On rigole bien ensemble mais… je ne suis pas joyeuse. J'ai l'impression de ne jamais être moi avec eux, d'être l'intruse dans une classe de grosses têtes. Là, je les regarde gratter du papier, Mathilda les joues marbrées de plaques de stress, Icham avec son air sérieux de notaire… et ils m'énervent tous, à rédiger des tartines en se rongeant les ongles, comme si leur vie en dépendait ! Ils me font sentir ma propre nullité et ma paresse irresponsable.

Tu vas me trouver monstrueusement prétentieuse mais, parfois, je me dis que je vaux mieux qu'eux, même si je n'arrive pas à définir en quoi. C'est comme si j'étais plus détachée et plus "intense" à la fois, tu vois ce que je veux dire ? Tu parles que ça va me servir dans la vie, ce sentiment débile de supériorité !

Encore presque deux heures ! Cette lettre est déjà plus longue que ma dissert !

11 h 05 : Je ne comprends rien à ce que j'écris mais je crois que je vais éviter le naufrage pour cette fois. Le sujet a dû m'inspirer !

Je voudrais être contre toi.

Je compte te remettre ces tendres pensées studieuses en mains propres (je vérifierai les ongles, les paumes et peut-être le reste aussi !) ce lundi, si on arrive quand même à se voir. J'espère que oui.

Bien cordialement,

Signé Josiane

10

– Je vais finir coupée du monde ! Je te jure, mon portable me fait peur ! J'ai l'impression de transporter un alien dans mon sac. Je ne peux pas visionner une vidéo sans imaginer que mes parents la suivent en direct. Même là, pendant que je te parle, j'ai l'impression qu'ils sont avec nous, sur ton lit !

Laura sourit. Je fais défiler des photos sur l'écran de son téléphone. Je profite qu'elle me laisse l'utiliser pendant que je suis chez elle pour me reconnecter avec mes amis. Ça m'a tellement manqué ! Laura se cale contre un oreiller en lissant sa frange.

– Au moins ils te l'ont pas confisqué, ton portable !

– Parce qu'ils veulent pouvoir me surveiller 24 heures sur 24, c'est tout !

– Moi, avant cette année, j'avais pas internet sur mon téléphone et ça me manquait pas.

– Je ne vois pas comment vivre sans ! Entre ma vraie vie et ma vie virtuelle, c'est la virtuelle qui semble la plus vraie ! Même mes potes sont plus sincères quand on se parle de loin.

– Pourtant, moi, quand j'ai pas le moral, ça me fait sentir encore plus seule. Voir les soirées où j'ai pas été invitée, toutes ces vacances de rêve, et puis les trolls, la haine... Je me dis que je devrais essayer de vivre sans, pour voir.

– T'es folle ? Tu ne sais pas qu'un ado privé de portable meurt dans les trois minutes ? Tu veux mourir, c'est ça ?

– Non mais, juste pour voir. Genre, épreuve de Koh Lanta !

– Et y a quoi à gagner ? Te retrouver bannie de la société ? Aller vivre dans une grotte ?

Laura rigole en levant les yeux au plafond. Je l'aime bien. Elle est différente. On dirait qu'elle est plus forte que les autres. Elle ne laisse pas le monde lui imposer ses idées.

Laura est en première, elle a un an et demi de plus que moi. Nos mères étaient ensemble au lycée et elles sont restées en contact. C'est comme ça que je me suis retrouvée à prendre des cours de soutien chez elle, en proche banlieue, tous les samedis, depuis avril dernier. Sa mère est prof d'allemand. Elle me fait bosser à fond mais je l'aime bien. Elle est tellement plus cool que mes parents, tellement plus proche de sa fille !

Rapidement, je suis restée déjeuner après le cours d'allemand. Leur petit appart est devenu une sorte de refuge pour moi. On s'entend bien, Laura et moi. On a commencé à se voir en dehors de chez elle, à aller à des soirées… J'ai jamais eu d'amitié fusionnelle, à la vie à la mort et tout ça, je fréquente plutôt des bandes. Mais même si j'aime bien mes copines du lycée, avec Laura, on peut vraiment se parler de tout, sans avoir besoin d'être collées ensemble.

– J'avoue que tes parents, ils abusent ! C'est grave, quand même !

Laura me reprend son téléphone pour y chercher quelque chose.

– Tiens, j'avais lu cet article… Ça dit que les ados surprotégés et fliqués par leurs parents finissent par faire plus de conneries que ceux à qui on fait confiance. Tu devrais leur montrer ça !

– Je ne crois pas que ça marcherait avec mon père ! Lui, je le hais !

– T'y vas fort, quand même !

– C'est vrai, je le hais ! Un soir, il te crie dessus, il se défoule de sa journée de travail, et le soir d'après, il fait comme si tout allait bien. Il vient me faire des chatouilles, me taquiner en m'appelant "ma p'tite Camille". Et je me force à jouer le jeu, en me répétant qu'il m'aime à sa manière, qu'il n'a jamais battu personne, qu'il est juste colérique à cause de son boulot à la clinique, qu'il est fragile lui aussi. Bref, c'est moi qui lui cherche des excuses, alors qu'il ne viendra jamais m'en faire une seule ! Et je me sens quand même coupable de ne pas arriver à l'aimer pour de vrai. Sauf que là, il a franchi la ligne rouge ! C'est fini. Tant qu'il me laisse sur écoute, je lui parle plus !

– T'as pas des potes qui pourraient te prêter un portable ? Tu peux utiliser le mien quand on se voit, mais bon...

– L'appli est rattachée à mon numéro. Je peux mettre ma carte SIM dans un autre téléphone, ça les empêchera pas de me tracer ! Et me servir de celui des autres, c'est mieux que rien mais... pour parler avec ton mec, c'est quand même bien d'avoir ton portable perso ! Déjà que mes parents s'immiscent dans mon couple, alors si mes amis nous rejoignent, on va avoir besoin d'un très grand lit !

Laura m'observe avec sérieux.

– Un grand lit ? Vous en êtes à ce stade, avec Yanis ?

Je rigole :

– Non, c'était une expression ! Enfin... On n'en est peut-être plus très loin... J'aimerais bien, quoi !... Tu l'as déjà *fait*, toi ?

J'ai toujours été fascinée par ces moments où l'atmosphère change brutalement. Une simple phrase ou un mot, et l'air peut devenir plus dense, plus lourd ou plus léger, le rythme des respirations changer, les regards s'élargir ou se défiler. Juste avant, j'étais assise avec Laura sur son lit, et maintenant, c'est comme si on avait été téléportées une nuit d'orage d'été, sous une tente minuscule, toutes proches l'une de l'autre, avec le bruit de la pluie plus fort, dehors.

Laura hésite longtemps avant de répondre :

– Non, je l'ai jamais *fait*. Mais je ne suis pas vraiment pressée. En fait, je crois que je m'en fous un peu !

C'est ce que j'aime chez Laura, sa franchise me prend toujours de court. Elle cherche ses mots :

– C'est bizarre, on dirait que le monde tourne autour de *ça*, mais moi ça ne m'attire pas trop, les garçons et tout… Enfin, les filles non plus, hein ! Mais quand même, les mecs, parfois… ils font peur ! Tu vois ce que je veux dire ?

– Ben… non. Peur, je ne vois pas. Y a des garçons bien, quand même. Yanis, tu vois…

– Ouais, bon, Yanis… Je sais qu'ils ne sont pas tous pareils ! C'est pas ça…

Laura s'interrompt. Elle serre ses jambes repliées entre ses bras et pose son menton sur ses genoux.

– Tu as déjà été voir leurs sites pornos ?

Là, je suis *vraiment* prise de court ! Mal à l'aise, même. Je ne réponds pas.

– Il paraît que c'est fait pour eux, pour leurs goûts, qu'ils aiment un peu tous ça. Mais pourquoi nous, on préfère en savoir le moins possible sur ce truc ? Moi, ça me pose plein de questions…

– Quelles questions ?

Ses yeux brillent d'une émotion que je n'avais pas vue venir. Laura s'assure d'un regard que je ne suis pas en train de la juger, qu'elle peut se sentir en confiance. Alors j'essaie de l'écouter comme Yanis m'écouterait, de toute mon attention.

– T'imagines si c'est vrai que ça leur plaît à tous ?... Ça peut vouloir dire nos potes, nos pères, nos profs, le boulanger, le flic censé te protéger, ou Yanis !... Comment ils arrivent à vivre avec nous normalement, tout en regardant ces trucs en cachette, dans un monde parallèle sans vraies filles...

Je ne suis pas sûre de la suivre. Je n'ai jamais pensé à ces choses, jamais pensé que tous les mecs... Ça me dérange un peu, surtout l'allusion à nos pères et à Yanis. Laura le sent. Elle s'absorbe dans des pensées qu'elle semble préférer garder pour elle. Puis, finalement, elle pousse un grand soupir :

– Je me demande ce qu'ils pensent vraiment de nous, au fond. Parce que quand tu vois tous ces sites... les mecs, on dirait...

Sa voix devient aussi blanche que son visage :

– On dirait qu'ils veulent nous détruire !

Le silence est épais et lourd. Cette fois, je ne sais pas si je la comprends. Je vois que Laura regrette déjà un peu. Elle sent sûrement que sa confession risque de nous éloigner autant qu'elle aurait pu nous rapprocher. Parce que sa peur est trop lourde pour moi et que je ne sais pas comment l'aider à la dissiper, même un peu.

11

Mes parents se tiennent raides sur les chaises qu'on leur a désignées. L'ambiance est tendue à l'extrême. Face à nous, Mme Lepage et la conseillère d'orientation affichent toutes les deux un visage bien plus sévère et fermé que celui que je leur connais. Je laisse mon regard flotter sur les affiches punaisées aux murs du bureau de Mme Zitouni, pendant qu'elle passe en revue mon dossier. Mon père décide de rompre le silence qui nous écrase depuis de longues minutes. Le tremblement de sa voix trahit sa fébrilité.

– Camille traverse une mauvaise passe. C'est quelque chose qui arrive à tous les ados. Mais vous connaissez son potentiel…

Ma prof de français soulève un sourcil ironique.

– Je crois que vous ne voulez pas entendre ce que je vous ai dit, monsieur. Dans ce lycée, il faut travailler. Or, visiblement, votre fille n'a ni le sens de l'effort, ni la motivation pour faire une première générale chez nous. Il faut commencer à réfléchir à d'autres voies.

– Je suis désolé, mais je trouve votre réaction extrêmement brutale…

– Ce n'est pas ma réaction, monsieur, c'est la politique de l'établissement et l'avis du conseil de classe dans son ensemble.

– Ce n'est pas ce que je voulais dire… On est face à une adolescente qui a toujours été brillante, tout du moins dans les matières littéraires, et qui connaît un accident de parcours ! La sanctionner sans préavis, sans lui laisser une chance de refaire ses preuves, c'est ruiner toute sa vie d'une façon qui, je le redis, me paraît brutale.

Cette fois, c'est Mme Zitouni qui s'y colle :

– Je ne peux pas vous laisser dire ça. Il y a eu des "préavis" ! Les observations du premier conseil de classe faisaient état d'un relâchement inquiétant dans un certain nombre de matières. Mme Lepage a vu votre fille en entretien individuel, fin janvier. À la suite de quoi, j'ai moi-même reçu Camille lors d'un rendez-vous qui m'a surtout servi à constater un manque de bonne volonté à la limite de la provocation. Nous gérons un nombre d'élèves considérable, dont certains se débattent de toutes leurs forces pour se sortir de ce que vous appelez une "mauvaise passe". Le temps que Mme Lepage et moi-même avons déjà consacré à Camille, y compris en échanges de mails et en conversations téléphoniques, et parfois sur notre temps personnel, est loin d'être anodin !

C'est l'horreur ! Même sans les regarder, je peux deviner la consternation de mes parents. Ma prof se tourne vers moi pour enfoncer le clou.

– Camille, même ta première littéraire, tu ne l'auras pas ! Alors pour des systèmes de concours hyper sélectifs comme khâgne et Normale sup, tu serais incapable de tenir la route.

Elle regarde alternativement mes parents, impassible :

– Sachez, en tout cas, qu'à l'issue du deuxième trimestre, l'avis qui sera rendu par le conseil de classe ira dans le sens d'une orientation vers les filières technologiques ou professionnelles.

Mon père accuse le coup. Il marque un temps. Il va se lever, puis se ravise avant de répondre froidement :

– Eh bien nous ne suivrons pas cet avis. Si Camille continue à ne rien foutre, elle redoublera sa seconde générale et c'est tout !

Mes parents se lèvent brusquement, comme si la phrase avait marqué le signal du départ. Je ramasse mon sac en vitesse mais Mme Zitouni intervient :

– Si vous avez encore quelques minutes, j'aimerais voir Camille en tête à tête, un court instant.

Une fois seule avec moi, la conseillère d'orientation me fixe longuement sans rien dire jusqu'à ce que je sois forcée de la regarder dans les yeux. Elle retire ses lunettes, se masse vigoureusement les paupières et laisse ses épaules s'affaisser. Elle soupire :

– Tu vas sans doute passer un très mauvais quart d'heure ce soir, Camille, et tu n'y seras pas pour rien. Mais tu n'en seras pas non plus entièrement responsable…

Je serre très fort mes lèvres.

– Tu t'imagines peut-être que, lorsque j'avais ton âge, donc juste avant la Révolution française, je rêvais d'être conseillère d'orientation ? J'aurais suivi un parcours scolaire adapté dont je serais sortie avec le bon diplôme… Sérieusement, connais-tu des ados qui rêvent de faire mon métier ? Aucun. En réalité, ça ne fait que six années que je l'exerce, sur les cinquante-quatre de mon existence, avec un bac sans valeur en poche, et après m'être construit tant bien que mal un parcours qui me ressemblait : atypique, sans doute, avec ses erreurs et ses ratés, mais aussi avec ses joies. Ce métier, je l'exerce aujourd'hui avec beaucoup de satisfaction. Parce qu'à cette place, dans ce rôle, je peux donner du sens à ma vie en aidant, parfois, d'autres que moi. Je vois des jeunes de toutes sortes. Certains sont faits, ou sont bons, pour jouer le jeu de l'école. D'autres choisissent, ou sont forcés, de trouver en eux-mêmes des ressources pour se construire un avenir sur d'autres critères que la compétition scolaire. Pour l'un, ce sera d'avoir avant tout une vie de famille épanouie, pour un autre de pouvoir voyager sans attache, de travailler avec ses mains, de ne pas avoir de patron, ou d'avoir du temps libre… C'est toujours différent, et c'est ce qui rend mon métier passionnant. Effrayant mais passionnant. Si nous avions plus de temps, je pourrais te citer des parcours étonnants d'anciens élèves de ton lycée. Mais parmi tous ces jeunes, laisse-moi te dire que les cas les plus difficiles à résoudre pour moi, ce sont les élèves qui ne savent pas, qui n'ont aucun désir, aucune idée. Ceux qui se réfugient dans le mutisme, par peur ou par déni, et qui refusent de m'aider à les aider, avant qu'il ne soit trop tard pour eux. Car les indécis, ceux qui préfèrent ne pas se confronter à la réalité, laissent la société décider de la place qu'elle leur accordera. Et il s'agit rarement d'un fauteuil en première classe.

Le silence s'étire. J'attends, les yeux rivés sur mes genoux. Je finis par lancer un regard interrogateur à Mme Zitouni. Elle me sourit et me désigne la porte d'un geste courtois. Elle a fini.

12

Mon père n'attend pas qu'on ait quitté le lycée pour me tomber dessus. Au milieu du hall, sans même se tourner vers moi, il lance sa première réplique cinglante :

– Ça y est ? Elle t'a bien bourré le crâne, ta conseillère d'orientation ? Prête à t'inscrire en apprentissage la semaine prochaine ?

Je sais que ça ne fait que commencer. Ça va monter progressivement et ça finira on ne sait pas comment mais, dans tous les cas, ça finira mal pour moi. Je me remets à respirer quand on a descendu les marches du perron. J'ai au moins échappé à une crise en plein lycée !

On monte dans sa voiture. Son regard bleu électrique me foudroie dans le rétro :

– On a été conciliants. On s'est souciés de toi, de tes capacités, de tes centres d'intérêt. On aurait pu te forcer à avoir le niveau en maths. Mais non, mademoiselle était “littéraire”, alors on a cherché à ce qu’elle s’épanouisse dans ses études ! On a fait une belle connerie, oui !

Au bout de cent mètres, le portail du parking de notre immeuble s’ouvre devant nous comme la gueule d’un monstre. La voiture s’engage dans la descente.

Dès qu’il est garé, je file, espérant distancer mon père. Mais il est plus rapide que l’ascenseur. On se retrouve tous les trois serrés dans la cabine, face au miroir de la porte. J’ai atrocement chaud dans ma doudoune et mes quinze mètres d’écharpe.

– Je me suis fait tout seul, moi ! J’avais pas la famille derrière ! J’aurais pu être paysan, si j’avais rien glandé comme toi ! Si je n’avais pas mis le paquet sur les études, aujourd’hui, tu n’aurais pas ta petite chambre à toi en plein cœur de Paris, dans un appartement qu’on aura fini de payer à l’âge de la retraite !

On est au bord du point de non-retour. Même en jouant la docilité, même en hochant la tête à tout ce qu’il dit, rien n’arrêtera l’onde de choc dévastatrice. Je me sens désespérément impuissante. La minuterie s’allume quand mon père s’avance sur le palier. Les clés de l’appart lui échappent des mains tellement il est énervé. Il tourne brusquement la tête vers moi :

– Sans études, tu ne seras rien ! Mais toi, tu t’en fous ! Tu as toujours tout eu sur un plateau. Qu’on ait trimé toute notre vie, moi et Morgane, tu t’en fous !

Que les profs nous traitent comme des parents défaillants, tu t'en fous !

Ma mère a ouvert la porte d'entrée. Je me glisse à l'intérieur en essayant de ne pas avoir l'air de m'enfuir. Je fais attention à déposer bien visiblement mon téléphone sur le buffet, avant même d'enlever mon manteau. Ma mère me lance un regard en biais :

– Allez, on reparlera de tout ça à froid. File dans ta chambre et va travailler !

– TRAVAILLER ? !!!

Le cri de mon père nous a toutes les deux fait tressaillir. C'est parti ! Il va devenir méchant.

– Travailler ? Mais pourquoi, ma chérie ? Tu as entendu sa prof ? C'est fini ! Terminé ! Elle s'est crue dans un jeu vidéo. Elle pensait qu'elle pouvait griller une ou deux vies pour s'entraîner ! Mais non ! NON !!!

Il crie avec une telle violence que sa voix me fait trembler. Mon sang se fige quand mon portable se met à sonner. Mon père le balance de toutes ses forces à travers le couloir en hurlant :

– Bordel de merde !!! Tu fais chier, Camille !

Ma mère marmonne un vague “Bon, va dans ta chambre” que je saisis pour m'enfuir en courant. Mon père crie derrière moi, à nouveau acide :

– Il ne lui reste plus qu'à se marier avec son Yanis, maintenant ! Mais il a intérêt à assurer financièrement parce que mademoiselle a pris des goûts de luxe !

Je suis couchée tout habillée, ma couette remontée au-dessus de ma tête, quand ma mère entre dans ma chambre.

– Ton père est désolé… Je suis sûre qu'il est désolé.

Je ne bouge pas d'un millimètre. Je ne veux pas la voir. Elle insiste :

– On peut parler ?

– Non.

Soupir.

Soupirer, elle ne sait faire que ça ! Je la déteste autant que lui. C'est trop facile de garder le beau rôle, de faire la gentille, celle qui reste raisonnable. Mais elle n'est pas capable de prendre ma défense. Elle n'est pas capable de lui dire tout haut quand il va trop loin. Elle a peur. Elle nous a élevées dans cette peur et maintenant on est toutes les trois devenues les proies d'un psychopathe qui gère mal son stress professionnel ! J'espère qu'il traite mieux sa secrétaire.

Je reste immobile sous la couette. Je serais bien contente qu'elle croie que je suis morte.

13

Mon amour de ma vie à moi,

Je n'ai pas pu te donner cette lettre aussi vite que je l'espérais. Je ne sais pas quand je vais pouvoir. Alors je la continue, comme ça, je te parle encore un peu.

Il est 1 h 30 du matin et chaque fois que je ferme les yeux, je vois ton image, alors je dois t'écrire sinon je vais devenir folle. Mon cœur bat très fort. Il bat dans mes mains, dans mon ventre et ça m'empêche de dormir.

Tu n'imagines pas l'horreur, à la maison. Je m'aperçois que tu es vraiment tout ce qui me reste. Sans toi, je perds ma raison d'être. Je ne sais pas pourquoi je ressens de temps en temps le besoin de plaire à d'autres gens que toi. Je repense à tous ces moments où j'ai fait des choses qui te blessaient ou qui ne te plaisaient pas, au risque de te perdre, et je me demande ce qui m'a pris.

J'ai tout le temps peur de te décevoir. Je voudrais que tu me pardonnes si des fois tu me trouves agressive, ou chiante, ou bizarre, ou égoïste, ou nulle. J'y peux rien !

C'est la vie qui veut ça, c'est pas moi ! Je voudrais bien être autrement mais, souvent, je me déçois moi-même.

Il ne faut pas douter de moi. Je t'aime de toutes les façons possibles, tu es mon âme sœur, mon âme frère. Surtout, ne m'abandonne pas !

Il faudra qu'on fasse quelque chose de beau de notre vie. Là, on ne sait rien, on est encore "petits". Comment savoir ce dont on sera capables ? Comment choisir déjà pour toujours ?

Si tu voyais ma chambre ! C'est le cataclysme infernal ! Elle n'a jamais été aussi en bordel. Elle ressemble à l'intérieur de mon crâne.

J'aimerais pouvoir dormir longtemps dans de l'eau chaude, entièrement immergée dans le silence… Quand je me réveillerais, ce serait le week-end et on se verrait. On partirait tous les deux, par-dessus le périph, avec nos ailes. Ou plutôt tu m'emporterais parce que mes parents m'auraient coupé les miennes. On arriverait en Laponie. On dormirait dans un igloo. On vivrait en mangeant des caribous et en buvant de la neige. Quand on se déciderait finalement à revenir à Paris, l'école aurait été interdite par la nouvelle présidente de la République et on aurait chacun un métier très beau qu'on aurait choisi. Qu'en penses-tu ?

Je t'aime. Chaque fois que j'écris ça, j'ai peur que ça finisse par perdre son sens mais, finalement, c'est pas possible.

Camille

Tout le monde dort et je me suis re-re-réveillée.

L'autre jour, quand tu as enlevé ton t-shirt, ton corps était tout en finesse et en grâce. Comme un arbre qui déployait ses branches dans un vent calme. Et moi, j'étais le vent qui courait sur l'écorce.

Je suis dans la cuisine. J'ai trouvé mon téléphone en miettes, posé sur la table, et je le regarde comme un oiseau mort.

J'ai froid. Je vais me recoucher.

*

Le matin, ma mère me chope dès que je quitte ma chambre. Son maquillage masque ses cernes mais pas ses yeux rougis. Elle me tend quelque chose :

– Tiens, c'est mon vieux téléphone, il marche encore…

Super, un nouveau mouchard ! Je vais dans la cuisine sans lui répondre. Je pose le portable loin de moi. Encore un petit-déj seule, sans Yanis, ni même Mathilda ou Inès. Ça fait un vide !

J'entends ma mère ouvrir la porte d'entrée pour partir. Je la rappelle sans me lever :

– Maman ?…

Elle revient sur ses pas avec un soupir agacé. Elle a déjà la tête dans son boulot, au cabinet, entre les cuisses de ses patientes, et je l'énerve.

– Oui, Camille ?!

– Pourquoi vous ne divorcez pas, avec papa ?

– … Tu crois que c'est le moment de me faire ça ?

– Je ne sais pas. C'est quoi, le moment ?

– Franchement, Camille, tu te vois passer tous les quinze jours d'un minuscule deux-pièces à un autre, pour nous voir à tour de rôle, partager ta chambre avec ta sœur et revoir ton train de vie à la baisse… ?

– Bonjour les arguments ! Super romantique comme raison de vivre ensemble !

– Bon, Camille, tu te gardes tes commentaires sur la relation de tes parents ! Chacun gère sa vie de son mieux, on n'a pas besoin de tes conseils !

Elle part en claquant la porte.

14

– Dans ces deux extraits, en quoi peut-on dire que les traitements du désespoir amoureux par Zola et par Musset s'opposent, comme s'opposent les mouvements romantique et naturaliste ?

– Parce que Zola fait preuve de cynisme ?

– Explique-toi, Inès.

– Parce qu'il parodie les grandes scènes d'amour romantiques, pour les tourner en ridicule. Zola, il ne croit pas à l'amour idéal que décrit Musset. Il rattache tout à la politique, à la lutte sociale…

– Est-ce que vous diriez tous que Zola adopte un point de vue cynique sur l'amour de ses personnages ?

– Non, il est réaliste ! C'est le romantisme, c'est Musset l'hypocrite !

C'est devenu tellement rare que je m'exprime en classe que Mme Lepage marque un petit temps de surprise.

– Que veux-tu dire, Camille ? Argumentez, lorsque vous exprimez une opinion, sinon elle ne sert à personne !

– Ben, Musset, je trouve qu'il se regarde aimer, il se regarde pleurer… Ce qu'il aime, c'est être amoureux. Il parle de celle qu'il aime comme d'une déesse mais on dirait qu'elle est juste là pour être… l'objet de son amour !

Je me demande si ce que j'ai dit a un sens. Mme Lepage et les autres élèves semblent se poser la même question. Mais il y a une sorte de colère en moi, qui me donne envie de clouer le bec à leurs analyses polies.

– Ton opinion a le mérite d'être tranchée, commente la prof. Mais elle est très subjective…

– Non, c'est pas subjectif, c'est dans le texte ! (Je prends le temps de vérifier un passage de l'extrait.) Quand il explique pourquoi il l'aime, il ne parle que de lui. Tout ce qu'on sait sur elle, on le sait par son regard à lui. On ne sait pas comment elle est par elle-même !

– Dans cet extrait peut-être pas, répond doctement Mme Lepage, mais tu es bien sévère ! Il y a une recherche de sincérité dans l'idéal de passion amoureuse que Musset développe dans son œuvre…

– Pas dans ce livre, en tout cas ! J'ai lu presque la moitié de *La Confession d'un enfant du siècle*, moi ! C'est pas que dans cet extrait ! À un moment, il lui dit qu'il l'aime plus que sa vie, à un autre qu'il ne veut plus la voir sinon il la tuera, mais il reste quand même sous ses fenêtres toute la nuit. Il est jaloux d'elle sans raison et, en même temps, il va voir une prostituée sur qui il rejette toute sa culpabilité… Les filles qu'il aime, il joue avec, il veut les rendre aussi folles que lui. Il est comme Heathcliff, le héros des *Hauts de Hurlevent* : leur amour est puéril, possessif, comme chez tous ces héros soi-disant romantiques. Ils rêvent surtout de vengeance et d'autodestruction. Mais c'est pas de l'amour de se détruire ensemble ! Ça ne sert à rien d'aimer une femme comme un objet, parce qu'un objet ne peut pas aimer !

Je perçois les ricanements stupides de Gabin et Tom, derrière moi.

– C'est un point de vue… très singulier ! s'étonne Mme Lepage, troublée. Même s'il est un peu excessif à mes yeux, et injuste, je le répète. Comme chacun de nous, Musset est le fruit de la société de son époque et…

– Désolée si j'ai rien compris, alors !

Je défie du regard les visages tournés vers moi.

– Ce n'est pas ce que je suis en train de dire ! reprend la prof. Tu as le mérite de nous rappeler une chose que je m'échine à vous faire comprendre depuis le début de l'année…

Elle fait semblant d'attendre que quelqu'un trouve la bonne réponse avant de livrer sa conclusion à toute la classe :

– C'est qu'une œuvre littéraire offre des clés pour se connaître soi-même. Un livre vous en apprend souvent bien plus sur le lecteur que sur l'intention initiale de son auteur.

À la pause, Gabin et Tom me rejoignent avec des rires gras, tandis que je dévale l'escalier. Ils tiennent absolument à me faire profiter de ce qui les fait se tordre depuis une demi-heure :

– Hé, Camille, c'est pas interdit d'aimer des objets, tu sais ! Y en a même qui sont conçus pour ça…

– J'en ai vu en vente sur Amazon. Pense à moi, c'est bientôt mon anniv' !

– Vous êtes cons, les mecs ! rigole Mathilda, derrière eux.

Je les laisse se taper des barres. Je ne suis pas d'humeur. Je pensais tout ce que j'ai dit en classe mais j'aurais mieux fait de fermer ma gueule. Une rage plus grande que moi bout dans ma poitrine. Inès cherche à me rattraper, écarlate de gêne et de compassion mélangées.

– Ça va, Camille ? T'étais super énervée, en cours…

– Lâche-moi, s'il te plaît !

C'est toujours la plus sympa, celle à qui ça fera le plus mal, qui prend pour les autres. Mais je n'ai plus le temps pour elle ni pour aucun d'eux.

Je descends dans la cour en les laissant rejoindre la salle d'histoire. Je me dirige sans ralentir vers le gymnase. Comme je l'avais prévu, ma sœur est là, adossée au mur avec sa copine Julie, toutes les deux penchées sur leur téléphone. Je me plante devant elles. Je dois avoir l'air d'un chien enragé. J'entraîne Lise un peu à l'écart des élèves de sa classe. Je lui tends le portable que maman m'a filé ce matin :

– Tu peux le ramener pour moi à la maison, à 17 heures, s'te plaît ?

Lise me regarde avec surprise avant de comprendre. Elle fronce les sourcils. J'insiste :

– Je serai rentrée avant les parents, j'en ai que pour une demi-heure ! Il faut juste qu'ils croient que je suis rentrée avec toi. J'te promets que t'auras pas d'ennuis !

Lise prend mon portable à contrecœur. Je sais que c'est pas cool de ma part de l'embarquer dans mes mensonges.

– Je dois juste voir Yanis pour…

– Je ne t'ai pas demandé ce que t'allais faire.

– OK. Merci.

Je vais m'éloigner. Elle me retient par le bras.

– Tu rentres pour 20 heures, hein !

Elle a peur.

– Même avant ! Promis. Merci, Lise.

15

Je cours comme une malade le long de l'avenue. Il fait froid mais je transpire sous mon pull. L'air glacé cisaille ma gorge à chaque inspiration. Je dois m'arrêter au feu rouge. Mon cœur cogne trop fort. Je remonte la bretelle de mon sac sur mon épaule avant de repartir en marche rapide.

Une marée d'élèves s'est déjà répandue sur le trottoir, devant le lycée de Yanis. J'accélère, à contre-courant de la foule. Pourvu que je l'aie pas loupé ! Si seulement j'avais mon portable pour le localiser !

– Camille !

C'est lui qui m'a vue. Il me rejoint dans la cohue. L'ombre de sa capuche ne laisse entrevoir que son nez, sa bouche et une fine coupure de rasoir entre les deux. Sans son regard d'enfant, il a l'air d'un homme. Respirer me fait mal. Je dois être toute rouge.

– Pourquoi tu répondais plus, depuis huit jours ?

– Je t'ai dit... Je...

Il me faut un moment pour récupérer mon souffle. Yanis me presse de questions :

– Qu'est-ce qui se passe ? Pourquoi tu me répondais pas ? Qu'est-ce qui t'est arrivé ?

– Mais je t'ai dit ! Mes parents ont mis mon téléphone sur écoute…

– Tu m'as juste dit qu'ils t'espionnaient, que ça serait compliqué de se parler ! Je savais pas ce que ça voulait dire, moi ! J'étais super inquiet !

Je réalise soudain que je ne lui ai toujours pas donné ma longue lettre, et qu'en dehors de ça, je ne lui ai rien expliqué du tout ! Je me lance dans un résumé embrouillé de la situation. Yanis hallucine.

– Mais c'est quoi ce délire ? On ne fait rien de mal ! On a le droit de se parler, merde !… Quand même, Camille, t'aurais pas pu… ?

Une voiture nous klaxonne. On est au milieu de la rue. Je remonte sur le trottoir.

– Je ne sais pas ce que j'aurais pu, Yanis ! J'ose même plus respirer à la maison ! S'il te plaît, ne me fais pas de reproche ! Je me sens perdue…

Sans prévenir, mes larmes se mettent à couler façon manga, deux longues rigoles qui ne s'arrêtent plus. Yanis rabat sa capuche derrière sa tête et me serre brutalement contre lui. J'enfouis mon visage dans son cou. Son odeur me grise. Il me répète en boucle :

– Ils ne peuvent pas nous séparer…

Il a l'air bouleversé. Il a dû mourir d'angoisse depuis une semaine. Je réalise tout d'un coup à quel point je pourrais le faire souffrir. Je n'ai jamais eu autant de pouvoir sur quelqu'un et ça me terrorise. C'est un peu comme se tenir en haut d'une immense montagne de bonheur, et y entrevoir le vertige mortel de la chute.

– Dans quinze jours, c'est les vacances. Il faut absolument qu'on trouve un moyen d'être ensemble !

– Mais je ne serai pas là, Camille ! On va à Toulouse, voir mon cousin. Je t'avais dit, tu ne te rappelles pas ?

J'essaie de ravaler le sentiment amer qui monte en moi. Yanis a l'air d'hésiter à me dire quelque chose.

– T'as vraiment lu *aucun* de mes messages, depuis une semaine ?

Des messages ? Je suis atterrée par ma propre connerie. Pendant que je me protégeais toute seule, lui continuait à m'écrire sans savoir, observé à distance par mes parents !

– Je suis désolée, je croyais que je t'avais expliqué ! Tu me comprends tellement bien que je crois toujours qu'il suffit que je pense les choses pour que tu les saches ! Alors que tu peux pas les deviner.

J'ajoute, honteuse :

– Mes parents ont dû lire tout ce que tu m'as écrit ! T'as pas mis des trucs trop…

Il est gêné. Il me tend son portable.

– J'avais quand même compris qu'il fallait faire gaffe… Tiens, t'as qu'à lire maintenant…

Je pose les yeux sur l'écran avec appréhension. Comme il se méfiait, Yanis a évité les *chats* et les SMS. Il a posté des statuts Facebook sans m'identifier, en les paramétrant pour que je sois la seule à pouvoir les lire. Tant que je ne les consulte pas depuis mon téléphone à moi, mes parents ne doivent pas pouvoir repérer ça !

En haut d'une interminable série de messages de Yanis me demandant des nouvelles, s'affiche la photo d'un mec musclé, un mannequin métis à la peau un peu plus foncée que celle de Yanis, en maillot, sur une plage, regard torride et pose sexy.

Yanis détourne la tête en me voyant rougir. Sous la photo, il a rédigé une légende, comme une annonce de site de rencontres :

"Bogoss de Paname livré à lui-même
par sa daronne, chch JF ouverte
d'esprit pour explorer les choses de la vie.
Réponse rapide souhaitée."

Je mets un petit temps à faire le lien entre le message et la vie réelle. Et puis je me souviens : la mère de Yanis part bosser en province une fois par mois, ou tous les deux mois, je sais plus. Il se débrouille alors tout seul pendant plusieurs jours. Ça me faisait rêver quand il me racontait ça, avant. Mais ça n'était pas encore arrivé depuis qu'on est “ensemble” pour de vrai, depuis Noël.

On sait plus quoi se dire. Si on se retrouve vraiment seuls chez lui, on sait tous les deux très bien ce qui risque de se passer et ça nous rend nerveux. Pour garder une attitude et éviter son regard, je fais machinalement défiler les autres messages qu'il m'a écrits.

– Et elle part quand, ta mère ?

– Ce lundi. Jusqu'à samedi matin.

– Elle a sûrement prévenu mes parents. Je vais être fliquée comme jamais…

Ma voix s'altère et s'évapore en même temps que je découvre un message plus ancien :

Camille
Je suis avide de toi.
Je suis à vide de toi.
Je suis à vie de toi.

Yanis piétine sur place, tête dans les épaules, sans plus savoir où se mettre. Assumer un truc derrière un écran ou dans la vraie vie, c'est pas pareil ! Je suis peut-être écarlate, mais lui c'est le champion des timides, et là, il est à la limite du malaise cardiaque. Je me serre tout contre lui, avec la plus grande douceur, en murmurant tout bas :

– Tu es différent, toi, hein !… On est bizarres, tous les deux, tu trouves pas ? Deux êtres difficiles et bizarres.

Je ferme les yeux pendant qu'il caresse ma nuque sous mes cheveux froissés par l'humidité. Quand je lève mon visage vers le sien, il a le sourire le plus amoureux du monde. Un sourire de film. Le sourire d'un ange.

16

Cher Monsieur,

Peut-être m'y prends-je un peu tard, mais c'est après maintes hésitations que je me suis décidée à répondre à votre annonce.

Étant donné le contenu licencieux de ma missive, vous comprendrez que la lenteur du facteur m'ait paru préférable à l'envoi d'un message numérique, si aisément exposé aux regards indiscrets.

Il me faut tout d'abord vous expliquer qui je suis. Issue d'une famille respectée de riches psychopathes, je vis mon existence cloîtrée entre les murs de notre hôtel particulier. Ma seule distraction réside dans la fréquentation nocturne de sites de rencontres réservés à un public averti. J'y puise toute l'ivresse et l'aventure qui font défaut à ma vie de jeune fille sage et désœuvrée.

C'est au cours d'une de ces nuits d'errance virtuelle dans les turpitudes du bien nommé World Wild Web *que je suis tombée sur votre offre. Elle m'a, je vous l'avoue, tout émoustillée, comme en témoigne la nervosité de ma plume. J'y ai vu l'occasion d'échapper à mon carcan familial pour quelques heures, une nuit, ou peut-être davantage. La perspective de cette fugue m'enchante et comblerait le vide sidéral de ma vie. Voulez-vous bien être mon sauveur ?*

Je serais toute disposée à m'unir à vos projets, quels qu'ils soient, et accepterais volontiers le rôle que vous voudriez m'accorder dans vos fantasmagories débridées.

J'attends ardemment un signe de votre part pour venir jusqu'à vous, dans votre garçonnière, à l'heure qui vous conviendra le mieux. Disons 20 heures, ce vendredi ?

Sincères salutations

Marie-Alice de la Jarretière (sur Paname également)

17

20 h 45, il fait nuit. Je sors de la station de métro Arts et Métiers.

Délestée de mon téléphone, je me sens étrangement légère. Légère et fière de moi !

Dormir chez Laura, la veille des vacances, était la seule chose que mes parents n'allaient pas me refuser. J'ai dîné tôt avec elle et sa mère, qui a filé comme prévu à son club de natation. Quand elle rentrera, vers 22 h 30, la chambre de Laura sera fermée et elle ne saura pas que je n'y suis plus.

Laura va baby-sitter mon téléphone jusqu'à demain. Pendant ce temps, si mes parents veulent vérifier où leur mauvaise fille se trouve, ma position restera indiquée chez ma prof particulière d'allemand, garante de ma bonne conduite. Et s'ils veulent m'appeler, Laura a pour consigne de ne pas décrocher. En cas d'urgence, elle pourra me joindre sur le portable de Yanis.

J'ai passé une éternité à me préparer dans la salle de bains de Laura. L'impression que ça n'irait jamais, qu'il y aurait toujours un gramme, un poil ou un bouton de trop, sur lequel toute l'attention de Yanis allait se focaliser. Mais maintenant, prête ou pas, je ne peux plus reculer.

C'est un de ces moments de la vie où le moindre détail insignifiant semble porteur d'un présage, d'un sens caché qui ne s'adresserait qu'à moi : le conducteur qui s'arrête en souriant pour me laisser traverser malgré les klaxons furieux, l'affiche publicitaire qui déroule sur mon passage un corps de femme en sous-vêtements : "Leçon de séduction n° 12, s'il s'évanouit, composez le 15..."

Je me sens plus fébrile que si j'allais passer mon bac ! Ce qui se joue cette nuit, c'est l'amour, c'est ma vie. Pas des diagrammes ni des notes.

Pour ne pas laisser le vacarme des grands boulevards agresser le bonheur craintif qui m'accompagne, je bifurque à l'improviste dans une toute petite rue. Au bout de cette rue, il y a une place, un kiosque, un square... Je ralentis, troublée, tout en longeant un bâtiment. Je mets un temps à reconnaître la façade, déguisée par les lumières de la nuit. Mon école maternelle.

Je souris, reprenant ma marche plus lentement, toujours plus en retard mais incapable de me presser, et laissant derrière moi les vestiges de l'enfance venus pour me saluer. De ces années qui s'estompent déjà ne me restent que des bribes incongrues : le nom de Mme Lutin, ma maîtresse de dernière année, les rires insouciants et joyeux de la cour de récré, une kermesse de fin d'année où on avait fait un spectacle de cirque (j'étais funambule et j'étais tombée). Il y avait aussi Marc, mon premier amoureux, jamais revu depuis. Et je me souviens soudain de Prune, la petite fille morte d'un cancer, après plusieurs mois d'absence. Toute la classe était allée à l'enterrement. J'en avais pleuré pendant une semaine, rongée par la culpabilité de ne pas avoir voulu jouer avec elle quand elle était revenue à l'école avec son crâne chauve sous un foulard rose pailleté.

Un grand coup de vent froid et une bouffée de spleen me cueillent quand je débouche dans la rue Saint-Denis.

En primaire, j'étais amoureuse d'Esteban, puis de Gaspard, puis de Paul, puis de plus personne, parce que les garçons étaient vraiment une espèce à part. Je me souviens de ma rédaction de CM1 sur le "métier inventé que tu voudrais faire plus tard". J'avais écrit que je serais "ramasseuse de laine dans les pommiers", mon texte faisait deux pages et j'avais eu un 10. Ma première grande fierté. Pourquoi ces souvenirs qui surnagent parmi d'autres ?

Je ralentis encore, me raccrochant aux images qui se sont mises à défiler, prolongeant toujours plus la longue inspiration qui précède mon saut dans l'inconnu, ma plongée en apnée.

Au collège, ça a commencé à être triste. Il ne fallait pas être grosse, ni ronde, mais pas maigre non plus. Il ne fallait pas avoir l'air d'une petite fille mais pas d'une pute, ni d'une bourge, ni d'une racaille. Il fallait assumer ces seins énormes, douloureusement surgis sans prévenir, pas du tout semblables à ceux que je m'étais rêvés, au milieu de garçons encore le nez dans leurs Pokémons. Il ne fallait pas être différente, ni trop spéciale, mais quand même un peu. Il fallait faire semblant de savoir quelle adulte on allait devenir, se tracer un avenir, s'orienter... Comment décider de notre vie quand elle n'a pas encore commencé ? Je réalise seulement maintenant à quel point j'ai détesté tout ça !

Mais, en cinquième, il y a aussi eu... Yanis. Un garçon remarquable, parce qu'impossible à ne pas remarquer, parmi les escadrons de petits mecs en uniforme de petits mecs. Lui, extraterrestre de beauté bizarre, perdu dans cet abîme de superficialité, incapable de paraître aussi fade et aussi con qu'on le lui demandait. J'ai pensé qu'il y avait peut-être quelqu'un sur Terre d'aussi différent que moi. J'ai pensé que si quelqu'un comme lui pouvait s'intéresser à moi, ce serait bien. On a été potes, puis amis, mais j'avais toujours l'impression de prendre trop de place, d'être énorme et mal dégrossie à côté de lui. Alors parfois, je me disais qu'il vaudrait mieux pour lui qu'il ne m'aime pas trop, parce qu'il était pur et que j'allais le ternir.

Je m'adosse à la porte de son immeuble, le cœur dans la gorge, accablée par une tristesse absurde. Pourquoi j'ai choisi ce moment pour me laisser envahir par un cafard lourd comme moi, quand ma liberté et le bonheur m'attendent, en haut de l'escalier ?

Tous mes doutes ressurgissent. J'ai peur de ne pas aimer, de ne pas avoir envie, ou qu'il n'aime pas mon corps. Peur que ça fasse mal ou qu'on n'y arrive pas...

Mais je suis une fille courageuse, un bon petit soldat. Alors je me prends par la main. Je tape le code. Simples spectateurs de l'aventure en train de se dérouler, mes yeux enregistrent chaque détail dont ils peuvent se saisir : la plaque au-dessus de la porte, numéro 261 ; l'énorme cœur rose de l'enseigne lumineuse du magasin de fringues, juste sous ses fenêtres ; la porte noire qui s'ouvre sur le couloir étroit, avec mon reflet qui glisse sur la vitre blindée ; et l'escalier dont l'odeur de bois ciré m'a toujours écœurée.

Je m'appuie au mur du bout des doigts, prise d'un léger tournis.

Je n'allume pas la lumière.

Je laisse la porte se refermer derrière moi.

Et je monte dans l'obscurité, d'un pas si désincarné que je ne sens plus mes pieds. Serai-je la même Camille, quand je redescendrai ?

18

Cher fantasme démystifié,

Quand j'étais petite, je trouvais que seules les filles et les femmes étaient belles. Les hommes, je les trouvais répugnants ! Dans les pubs et les magazines, les corps féminins me faisaient rêver. J'avais hâte d'être grande pour avoir un corps pareil ! Et puis j'ai grandi. Je me trouvais mal foutue, pleine de défauts. Je me disais que jamais je ne pourrais me déshabiller devant un garçon.

Juste avant, j'avais peur que ton corps me dégoûte quand je le découvrirais. Mais je me disais que je t'aimais trop pour reculer, que je saurais m'habituer. Je voulais savoir si j'allais être capable de t'aimer entièrement.

Toutes ces angoisses se sont effacées. Tu es mon double négatif, un autre moi-même. J'aime tout de toi. Tout.

Au début, on ne savait pas comment s'y prendre. Et puis, peu à peu, ça paraissait normal et naturel. J'avais l'impression que tu calmais ma soif en même temps que tu la ranimais. J'avais très froid, très chaud, et je me sentais devenir toute molle. Un corps entier fait de coton.

Ça m'a fait mal. Pas une douleur insupportable, une douleur agréable, comme cette douleur vitale dans mon ventre qui revient chaque mois et me force à m'allonger.

Je me suis réveillée dans ta chambre de garçon, qui ne te ressemble pas du tout, et je t'ai regardé dormir. Et tu dors encore, avec, posé sur tes lèvres, le fantôme d'un sourire. Ton dangereux sourire d'ange heureux.

Ça me réjouit de voir le sang rose sur le drap. Je ne trouve pas ça sale. C'est notre amour, un mélange de nous deux. La mort de quelque chose que je n'aimais plus de moi.

Il est 4 h 40 et j'ai pas envie de dormir, alors je continue d'écrire, juste à côté de toi. Les lumières de la rue traversent les rideaux. J'essaie de ne pas trop bouger, de ne pas trop faire de bruit, mais je dois continuer parce que mes doigts sont tellement crispés d'avoir écrit qu'ils font mal quand j'arrête.

J'achève de remplir la dernière copie double de cette lettre que je devais te donner ce soir mais que, finalement, je ne te donnerai pas. Elle est trop longue pour être lue, et tout ce que j'y racontais est maintenant périmé. Je crois que je l'écris pour moi, et plus vraiment pour toi. À moins que je ne te la donne un jour, quand on aura un caniche et deux enfants, et qu'on voudra se rappeler le bon vieux temps de quand on était bêtes et mal dégrossis !

Alors, pardonne-moi de te prendre comme destinataire de ce journal intime, mais j'ai besoin de penser à toi pour organiser mes pensées. Parce qu'il n'y a qu'en ta présence que mon cerveau se désembrume. Tu es ma bouée dans les nuées, ma boussole sur la banquise, ma tente Quechua dans un camping naturiste.

Demain, tu t'en vas et ça me déchire le cœur. Sans toi, je suis extraordinairement amorphe. J'ai l'impression de m'enfoncer dans une vie banale et stérile. Même mes cheveux sont ternes. Mon être tout entier prend la couleur d'un mur.

Ce soir, tu m'as demandé ce que je voulais faire dans la vie, et tu m'as trouvée maussade et muette. Et je t'ai encore déçu. Mais mon silence, c'était pas pour te cacher des rêves secrets. C'est parce que je n'en sais rien, de ce que je veux pour demain. J'en sais rien !

J'aimerais faire quelque chose de grand ou de beau… mais tout est flou dans ma tête !

Parfois, une lueur vacillante vient percer les ténèbres, et je découvre ta silhouette qui cherche à me guider. La flamme dans ton cœur disperse le brouillard. Tu tentes d'éclairer mon chemin, tout en suivant le tien. Mais tu avances trop vite. Je m'embourbe et je te perds de vue, sans savoir où aller. Je sais que, pour moi, tout est foutu.

Alors, je reste seule et je me console en pensant que, de nous deux, le meilleur est sauvé.

MARS

19

La voiture pile sur le gravier de la grande cour. Ma tante Hélène m'aide à sortir mes bagages de son coffre.

– Tu as prévu de changer de tenue plusieurs fois par jour ? se moque-t-elle.

Mes cousins s'affairent à mettre le couvert quand j'entre dans la cuisine.

– Hello, Camille !

– Oh, putain, t'as changé !

– Vous aussi ! On ne s'est pas vus depuis dix siècles !

Simon et Amélie sont jumeaux. Ils ont deux ans de plus que moi. On s'attable tous les quatre, retrouvant sans trop de difficultés nos anciennes marques.

Un bruit de moteur s'arrête juste devant la porte qui s'ouvre presque aussitôt. Je ne connais pas le garçon blond qui entre pour se joindre à nous.

– Brandon est en stage à la ferme, m'explique Hélène en me servant des patates et du poulet. Brandon, je te présente Camille, la fille de mon grand frère !

– Salut.

– Salut.

– Tu n'es pas venue depuis, quoi, quatre ans ?

– Plus ! Depuis la mort de mamé. J'avais dix ans.

– Non ?! Depuis tout ce temps ?

Hélène mange très vite, presque sans respirer. Elle me regarde avec un peu de méfiance, comme si elle cherchait sur mon visage le souvenir de celle qu'elle a connue.

– Je ne vais pas pouvoir faire le guide touristique, hein ! Je l'avais dit à ton père…

– Oui, oui, je sais.

– Tu tombes au pire moment de l'année. Début mars, il y a l'agnelage, le palissage des jeunes pommiers à terminer…

Amélie m'adresse un sourire amusé :

– T'avais envie de te pendre dans un coin bien paumé pour venir toute seule ici ?

– Camille vient se reposer, lui réplique ma tante.

– Le médecin pense que je suis surmenée… Mais je vais quand même essayer de bosser !

– T'auras que ça à faire, ici ! acquiesce Amélie.

– T'es en quoi ? me demande Simon avec un air circonspect.

– Je vais entrer en première littéraire.

– Donc t'es en seconde, quoi !

Un petit malaise passe. Les jumeaux me trouvent sans doute chochotte d'avoir besoin de repos dès l'entrée au lycée. Je joue poliment mon rôle d'invitée :

– Et vous ?

– Normalement, maths sup ! répondent-ils en chœur, avec l'accent de supériorité qui sied à cette caste.

Leur mère complète fièrement :

– Ils partent tous les deux à Rouen, l'an prochain.

Je remarque le silence et les joues roses de Brandon, qui mange tête baissée en se gardant de commenter. La porte s'ouvre à la volée. Un homme essoufflé en parka tend la tête depuis le seuil, un chien de berger déboulant derrière lui pour se jeter sur ma tante. Hélène se lève, repoussant affectueusement le chien.

– J'arrive, Karim ! On a un peu traîné, désolée…

Faisant valser le portemanteau en attrapant sa doudoune sans manches, Hélène disparaît avec lui.

– C'est l'ouvrier agricole de maman, m'explique Amélie en prenant des yaourts dans le frigo. Heureusement qu'elle l'a ! Il faudrait au moins une personne de plus pour aider, depuis que les parents sont séparés. Ça n'intéresse pas les jeunes, les exploitations comme ici, avec beaucoup de travail manuel dehors, pas de gros engins à conduire…

Honnêtement, je m'en fous pas mal de la ferme et du reste. Je suis venue me terrer ici, c'est tout.

– Franchement, t'as pas peur de te faire chier ? me demande Simon.

– Si t'aimes les chiens, tu pourras promener Pasteur… ajoute Amélie.

– Personne m'a forcée ! Du moment que je suis loin des parents…

Mon cousin approuve :

– C'est vrai qu'il était chaud ton père, des fois !

– Maman et lui, c'est pas le grand amour ! ajoute Amélie, sans paraître gênée.

Brandon se lève comme un ressort, après avoir avalé son repas presque aussi vite que ma tante.

– Bon, j'y vais !

Il met son assiette au lave-vaisselle et file. L'attitude un peu hautaine des jumeaux avec lui m'évoque vaguement des aristos avec leur domestique. Ici, les vacances ne sont pas alignées sur celles des Parisiens. Les élèves ont déjà repris les cours et j'ai hâte que mes cousins repartent à Beauvais chez leur père, dès ce soir.

20

Les jumeaux ne sont déjà plus qu'un souvenir désagréable. J'ai réussi à rester aimable avec eux jusqu'au bout. Depuis, je fais le minimum syndical.

J'occupe la chambre d'Amélie. Je n'ai pas envie de penser. Je ne m'ennuie pas. Je n'ai fait que manger, dormir, traîner devant la télé, et lire des livres que ma cousine a abandonnés ici.

Il a fait gris, la campagne était sinistre, je n'ai pas mis le nez dehors.

Je ne sais pas ce qui m'a poussée à venir ici. Yanis, en vacances à Toulouse depuis une petite semaine, ne donnait pas beaucoup de nouvelles, à part des photos publiques sur Instagram qui m'éloignaient de lui plus qu'autre chose. Moi, seule à Paris, dans l'horreur des quatre murs de ma chambre transformée en cellule de révision intensive. Une engueulade de trop avec mon père a tout fait péter. Je suis devenue folle, j'arrêtais plus de crier.

Quand le docteur a dit qu'il me fallait du repos, l'image de la ferme de mamé s'est bizarrement tout de suite imposée. Mes parents ont accueilli l'idée avec soulagement, mon absence les dispensant de se questionner sur les causes de mon *burn-out*. Leurs rêves de raccrochage scolaire tombant à l'eau, ils s'étaient mis en tête d'obtenir du lycée mon redoublement en seconde générale. Les révisions pouvaient bien attendre quelques jours.

En arrivant à la gare de Gisors, j'avais déjà un poids en moins sur les épaules. Avec Hélène, on n'a rien à se dire et c'est parfait. On ne cherche pas à se parler. Elle se fout de mes études et s'accommode de ma présence, pourvu que je me pointe à l'heure exacte des repas en disant "Mmmh, ça a l'air bon !". Brandon n'est là qu'à midi et il n'est pas bavard. Les repas sont rapides et moins tendus qu'à la maison.

Les journées se ressemblent, comme dans un hôpital. Ça ne fait que deux jours et trois nuits que je suis ici mais je pourrais aussi bien m'y trouver depuis une année. Les livres d'Amélie se lisent vite, sans effort. Meg Cabot, *Twilight*, *Cinquante nuances de Gray*… des livres de filles, des lectures un peu coupables, validées par des générations de lectrices, qu'on sirote paresseusement, avec le même plaisir qu'un *Elle* ou un *Biba*, et qui donnent le sentiment flatteur d'appartenir à la grande communauté des femmes.

Mais, ce matin, au réveil, il fait doux et presque beau. Alors, quand Pasteur, le chien d'Hélène, vient gratter à la porte de la cuisine en me faisant une joyeuse fête, je me décide à le suivre.

21

J'avance entre d'interminables rangées de jeunes pommiers qui s'étirent à perte de vue sur le paysage vallonné. Pasteur slalome gaiment devant moi. Plus loin, il y a des bosquets, quelques toits, un clocher. C'est tout joli, tout mignon. On dirait une pub !

Je descends vers Hélène que je vois donner des indications à son employé, monté sur une machine qui ressemble à une foreuse. En t-shirt, comme si on était en plein été, Brandon les écoute en tripotant un brin d'herbe. Ils sont encore loin, j'ai beaucoup marché. Eux sont venus en quad. Pasteur les rejoint le premier. Il se jette sur Brandon, montant sur ses pattes arrière pour lui lécher la figure.

– Fini, l'hibernation ? me demande Hélène quand je suis presque à leur niveau.

Je hausse les épaules.

– Je ne reconnais rien, lui dis-je en m'arrêtant près d'elle.

– Toute cette partie-là n'était pas plantée, du temps de mamé ! m'explique-t-elle. T'as connu que le vieux verger, de l'autre côté, là où paissent les brebis…

Sa voix est brusquement couverte par le martèlement de l'engin qui s'est mis à pilonner le sol. Je recule en me bouchant les oreilles, tandis que ma tante se concentre à nouveau sur le chantier.

Brandon est accroupi un peu plus loin dans l'herbe, caressant Pasteur en souriant. Je vais attendre debout derrière lui, sans trouver quoi dire. Brandon est le type même de garçon qui m'embarrasse. Parce qu'il n'est pas du tout mon genre mais qu'il est impossible de ne pas le trouver mignon. Sa mèche blond cendré sculptée au gel, ses yeux bleus enfoncés, son nez enfantin, son air un peu buté, et son corps de mec qui pousse régulièrement de la fonte, en font le prototype d'une forme de bogossitude "Toi fille, moi garçon / gouffre culturel impossible à combler entre nous deux / possibilités d'interactions occasionnelles envisageables".

Brandon frotte le ventre de Pasteur, qui semble aux anges. Un logo "Caussade-Semences" s'étire sur le dos tendu de son t-shirt. J'observe vaguement l'engin creuser la roche sous la terre. Puis, je tente une question détachée :

– C'est des pommiers, tout ça ?

– Des pommiers pour les filles ! répond Brandon avec ironie, en évitant mon regard. C'est une variété de pommes toutes rouges. Même la chair est rouge. Ils ont inventé ça pour faire du cidre rosé, pour faire boire les filles. Et ça a marché, les ventes ont explosé !

Devant mon silence intimidé, il ajoute avec une agréable sincérité :

– J'connaissais pas non plus, hein ! Je viens juste d'apprendre ça…

Je détourne les yeux quand je croise son regard bleu. Je le fixais sans doute depuis un peu trop longtemps. Je convoque comme un mantra l'image de Yanis, pour contrer l'effet que m'a fait la fossette profonde, sur la peau très blanche de sa joue, quand il a souri.

22

Le temps est si beau qu'on déjeune dans la cour, sous la pergola couverte d'une glycine pleine de bourgeons vert tendre. On est revenus à la ferme sur le quad d'Hélène. Ça m'a fait du bien, j'ai adoré ! Je me sens de bien meilleure humeur et je me prends à espérer que ma vie pourrait peut-être rentrer dans l'ordre, finalement.

Au moment du café, Brandon se met à surfer sur son téléphone. Je m'éloigne pour m'installer à l'écart, avec mon portable, planquée derrière le vieux pigeonnier. C'est le seul endroit où je capte un peu.

J'ai laissé filer deux jours sans nouvelles du monde. Chaque retour dans le tourbillon virtuel, dont mes parents m'ont extraite de force, me faisait sentir que ma sphère d'amis commençait à m'oublier.

Une avalanche de notifications me saute à la figure :

Yanis : T'as eu mes messages ? Tu fais quoi ???

Yanis : 💀 ❤

Yanis : SOS ! Besoin de toi. Envie de toi.

Yanis : Et sinon, quoi de neuf ?

Yanis : I miss you. C'est mieux en anglais qu'en français, parce que ça dit plutôt "je suis en manque de toi", ce qui est mon cas !

Yanis : "Un seul être vous manque et tout est dépeuplé" tu connais ça ?

Yanis : Toulouse, c'est cool, mais ça serait mieux avec toi !

J'ai l'impression d'être réveillée en sursaut au milieu d'un rêve. Mon cœur se met à battre plus vite. J'ai déconné ! Je n'ai pas vu le temps passer. Mais j'avais juste besoin d'air, de vide, besoin de vivre autre chose, d'être seule avec moi-même, loin de tout, de mes peurs, et même un peu loin de lui, loin de ses yeux, loin du cœur.

Je continue de remonter l'historique des appels de Yanis, incrédule. Son amour m'étouffe ! Son amour m'agresse. Je m'aperçois qu'il a enregistré autant de messages sur ma boîte vocale qu'il en a écrits, tous entre la colère et le désespoir. Je suis interrompue dans mon écoute par ma sonnerie. C'est lui ! Je laisse quelques secondes avant de décrocher. Je réponds à voix basse pour ne pas être entendue par les autres :

– Allô ?

– *Camille ?*

– Mais qu'est-ce qui te prend, Yanis ? T'as oublié que mes parents peuvent lire tous tes messages ?

– *Je m'en fous ! Je m'en fous complètement ! Ils ont qu'à lire tout, j'ai rien à me reprocher. Et s'ils nous écoutent là, et ben, je les emmerde ! Putain, j'ai cru que t'étais morte !*

– Désolée, je suis en Normandie. Y a pas de réseau.

– *Ah bon ? On dirait que t'as du réseau, là ! T'as pas reçu mes messages ?*

– Si, enfin, je viens d'en voir certains. Mais, vu le nombre, il va me falloir une semaine pour reprendre tout le fil. Et je ne suis pas sûre de passer un super moment !

Yanis raccroche immédiatement. Je le rappelle. Il ne répond plus. Je me décide à lui écrire un message quand il rappelle à son tour :

– *En fait, moi je te manque pas du tout ?*

Sa voix est à la limite de la haine. Je me sens aussi coupable qu'exaspérée.

– Quand tu prends ce ton-là, pas vraiment !

– *Et t'arrives à me le dire comme ça ?*

– T'es chiant ! J'avais pas le moral, Yanis ! J'ai besoin d'être dans ma bulle…

– Mais t'es où ?

– Chez ma grand-mère, enfin chez ma tante, en Normandie ! Je fais une cure de souvenirs d'enfance. Je suis crevée, le docteur m'a dit…

– Il t'a dit que t'avais besoin de faire une cure de moi, c'est ça ?

– Mais non ! J'ai juste besoin d'oublier tout, de ne plus être moi pendant cinq minutes, tu comprends pas ça ?!

– Non, je comprends pas ! Je te comprends de moins en moins. Moi, même quand c'était compliqué de te donner des nouvelles, j'essayais au moins de poster une photo ou quelque chose qui te montre que j'étais en vie…

– Justement, j'aurais préféré que tu le fasses pas ! Te voir t'amuser pendant que j'en bavais, c'était pas vraiment cool.

– Moi, j'ai cru que tu me faisais la gueule ! Et puis, qu'il t'était arrivé un truc. Et puis, que tu avais trouvé un mec…

– Un mec comme Gabin peut-être ? Non, mais n'importe quoi ! Je fais rien ! Je dors et je lis, c'est tout !

– Et tu lis quoi ?

Je suis désarçonnée par la question.

– Ben… des livres sans intérêt que ma cousine a laissés dans sa chambre, juste pour passer le temps…

– Alors, t'as même pas regardé le mien ?

Je me souviens d'un coup du livre qu'il m'avait offert avant qu'on se quitte, le dimanche matin, en bas de chez lui.

– Pas encore... Je le réservais pour un autre moment !

Et c'est vrai ! Je voulais d'abord lire du facile, du tranquille, rien qui me rappelle ma vie, mes ennuis, ni même lui. Mais j'allais le lire ! Plus tard, au bon moment, pour revenir vers lui avec plus de plaisir.

– *Tu ne m'aimes plus ou quoi ?*

– Mais si, Yanis ! On dirait que c'est toi qui m'aimes plus !

– *Des fois, je te comprends plus. Ou bien, tu me dis pas tout mais... je crois que j'aimais mieux la Camille du collège !*

Je n'arrive même pas à répondre. Assommée, je raccroche et j'éteins mon téléphone. J'ai comme un poids dans la poitrine, un poids terrible. Je reste sur le banc de pierre, incapable de faire face aux autres qui ont sûrement perçu les éclats de ma voix.

Au bout d'un moment, j'entends le quad démarrer et s'éloigner rapidement, me laissant seule.

Je finis par me lever. Je n'ai pas la force de réfléchir. Je vais aller dormir ou me noyer dans les livres. En contournant le pigeonnier, je découvre Brandon, resté allongé dans une chaise longue, les yeux fermés.

À froid, il ne me fait plus rien. Je m'étais juste emballée. Tant mieux ! Je me dirige vers la maison.

Brandon s'étire langoureusement et me regarde passer. J'essaie d'avoir l'air normale.

– T'es pas retourné bosser ?

– J'ai fini pour aujourd'hui. Je vais en profiter pour aller régler un truc au lycée.

Il me regarde par en dessous, avant de demander :

– Ça va pas ?

LA chose à ne pas demander ! Je retiens le sanglot qui menace de monter. Brandon se lève.

– Tu veux m'accompagner ?

– Où… où ça ? À ton lycée ?

– Ben, ouais, pourquoi pas ? C'est pas Disneyland mais… ça te changera les idées !

Je cherche en moi une intuition qui me dirait quoi penser. Mais rien, aucun signal d'alarme, pas d'instinct pour me guider. Brandon me fait un petit sourire en ouvrant ses paumes vers moi, comme pour montrer qu'il est désarmé :

– Dix minutes à moto, je te fais faire la visite, tu vois du paysage et je te redépose chez ta tante !

S'il décide d'être gentil, moi, je ne peux plus résister. J'ai besoin d'amitié.

23

La route file sans jamais nous faire croiser la moindre voiture. Des champs et des vallons se déroulent à l'infini. Le ciel blanc se distord au-dessus de nous pour embrasser nos vies. Seuls au monde, du vent dans la tête et plus rien à penser.

L'imposante silhouette d'une sorte de château se dresse en haut d'une colline arborée. Brandon remonte une côte qui se transforme en allée de gravier. On descend de moto sur un parking battu par un vent frais qui vient de se lever. Je retire mon casque en écarquillant les yeux.

– C'est ton lycée ?

Brandon sourit de toutes ses fossettes, sur les joues, sous les yeux… Je ne sais pas si c'est le trajet ou la timidité qui rosit son visage.

– Ben, ouais… Bienvenue chez les bouseux !

– Non mais c'est classe ! On dirait un château !

– Plutôt une prison ou un manoir hanté ! Mais si tu le dis… Enfin, c'est surtout un lycée agricole, quoi !

Il me demande de l'attendre avant de passer une porte vitrée marquée "secrétariat". Je me tourne vers le grand parc, cerné de bâtiments anciens et imposants. Des inscriptions sur les briques indiquent les dates de construction : 1629, 1642... C'est mon lycée à moi qui me semble être une prison à côté de tout cet espace, ce calme, cette verdure !

Des élèves sont assis par petits groupes sur la pelouse ou contre les vieux murs. Partout, des couples s'embrassent tendrement sans qu'on ne sente ni moquerie ni aucune jalousie autour d'eux. Brandon a réapparu près de moi.

– Bon, je te fais faire le tour ?

Je lui emboîte le pas, intimidée.

– En bas, il y a les vaches laitières, les engins... Et là-bas, la boutique, où on vend nos produits. Tout va passer en bio, bientôt. Moi, je crois que c'est juste une mode...

Brandon m'emmène au fond du parc, au cœur d'un grand verger.

– Que des espèces anciennes. Du haut de gamme, à côté de ceux de ta tante !

– Tu sais, je ne suis pas une spécialiste des pommes !

Il semble déçu de son effet. Je laisse courir mes yeux le long des allées qui remontent vers des pavillons modernes. Brandon renifle, un tic qu'il a.

– C'est nos pav', c'est là qu'on dort.

– T'es interne ?

– On est tous internes.

Un nœud se forme dans mon ventre de nous savoir à côté de l'endroit où il prend ses douches, passe ses nuits... Des images fantasmatiques de son intimité s'interposent entre le décor et moi.

En retraversant la pelouse centrale, on croise un bataillon de filles blondes en bottes et bombes d'équitation.

– Des secondes générales option hippo. Si tu veux mon avis, elles n'ont rien à faire ici. Le lycée essaie juste d'attirer des filles.

Brandon descend vers un joli étang bordé de grands arbres. Il s'assoit sur un banc isolé, hors de vue du lycée. Je le rejoins, un peu réticente à me retrouver seule avec lui dans ce cadre typique d'un rendez-vous à deux. Il fixe le paysage, les mains enfoncées dans les poches, avec son air buté qui le fait ressembler à un garçon des rues de films américains. Il me propose une clope. On fume côte à côte. Je me détends peu à peu. J'ai envie d'en savoir plus sur lui. J'essaie de prendre un ton détaché pour demander :

– T'aimes être ici ?

Il ricane.

– Tu te demandes si je rêve pas de Paris, hein ? Ben moi, je déteste Paris ! Vous croyez que tout le monde vous envie mais y a quoi, là-bas ? Pas un brin d'herbe, pas une bête... c'est juste gris ! Et puis, quand tu sors de ce lycée avec ton bac pro, t'as zéro pour cent de chômage. Alors que vous, vous allez enquiller des études supérieures pour quoi ? Pour faire durer un peu plus avant d'aller pointer ? Franchement...

Je me retiens de répondre. La guéguerre Paris-province, je connais, ça ne mène jamais nulle part. Je décide de montrer que je ne me sens pas touchée par ses piques un peu amères. Donc je souris.

– Tu vas faire quoi, après ?

– Je vais reprendre l'exploitation de mes parents, pas trop loin, par là...

– Je trouve ça... Enfin, ça m'impressionne que tu saches déjà ce que tu veux faire, comme ça !

– Quand t'as toujours baigné dedans, tu aimes ça, c'est tout ! Bon, c'est pas tout rose, hein ! Ceux qu'ont pas de terre à eux, ils vont plutôt finir à l'usine. Sauf s'ils trouvent une ferme qu'a pas de repreneur, comme chez ta tante. Mais bon, selon moi, ce genre d'exploitation, même en couple, c'est pas viable.

Je me sens comme une gamine face à un jeune adulte. Je sais qu'il frime un peu, je sens bien qu'il récite les discours d'autres que lui, comme je récite mon "première littéraire-khâgne-Normale sup". Sauf que lui, il croit à ce qu'il dit. Et ça change tout.

Je le trouve tellement différent des ados que je connais, de nos vies vides de sens, qui s'étirent si lentement en attendant... en attendant rien !

– Qu'est-ce qui te plaît là-dedans, alors ?

Brandon écrase son mégot en jetant un regard à la ronde.

– Déjà, les animaux ! C'est sûr qu'on aime tous les bêtes, même si les gars s'intéressent plus aux engins ! De toute façon, moi, même bosser chez ta tante, à couper les chardons et les orties pendant toute une journée, ça me gêne pas... Et puis, je sais pas, je trouve que c'est passionnant. On donne aux autres, tu vois ? C'est quelque chose de bien, non ?

Il prend un air bravache :

– C'est quand même pas rien de nourrir les gens !

Je suis sûre d'avoir intercepté un bref coup d'œil à ma poitrine mais je ne me sens pas en danger. Et puis, c'est humain, un regard ! Je ne vais pas faire l'effarouchée. D'autant que moi aussi, je l'ai beaucoup regardé. Son corps, sa vie, sa façon de me parler, j'ignorais complètement l'existence de ce genre d'ados. Il me parle d'une autre planète et, à la fois, il est normal. Je veux dire, il est comme moi. C'est le monde autour de nous qui est différent.

Brandon se lève en reniflant, avec un de ces regards de garçon que j'hésite toujours à qualifier de sexy ou de bovin, l'un et l'autre allant bizarrement ensemble, chez certains.

– Bon, la visite est terminée, mademoiselle. Va falloir y aller, si vous voulez que je vous ramène, sinon faudra rentrer à pied !

On reprend la route. Je m'accroche aux poignées sur les côtés du siège. Il va plus vite qu'à l'aller. Il paraît renfrogné, un peu fermé. Je fixe la ligne bleue d'un tatouage tribal qui dépasse de son blouson, en bas de sa nuque laiteuse. Sa présence m'apaise. Son corps d'homme. Son langage clair, dépassionné. Il a l'air de savoir où il va. De savoir qui il est. Toute ma vie parisienne me semble si naïve, si puérile !

Tout à coup, une biche bondit sur la route, juste devant nous. Brandon fait faire un écart brutal à la moto, nous couchant presque sur le gravier. Je me raccroche à lui. Nos casques se heurtent. Il se rétablit, manque de percuter le talus avant de trouver l'entrée d'un champ où il parvient à nous immobiliser. Je relâche ses hanches auxquelles je me suis cramponnée. Une odeur de pneu brûlé m'envahit les narines. La biche a filé.

Brandon pose lentement la moto sur le sol, vibrant d'adrénaline. Il donne un coup de pied rageur dans le vide en hurlant :

– Putain de saloperie de chevreuil !!!

Je me mets brusquement à trembler comme une feuille. Je n'ai pas eu le temps d'avoir peur que mon corps réagit à ma place. Je retire mon casque et je m'assieds dans l'herbe, déconcertée par ces tremblements incontrôlés. Sans que je l'aie vu s'approcher, Brandon est tout près de moi. Il me murmure que ça va aller, pendant que je grelotte de plus en plus fort. Je sens sa main sur mon poignet, mon épaule, puis mon cou. Je lève les yeux, découvrant son visage tout près du mien, faisant écran entre moi et un soleil aussi pâle que lui. Je découvre l'odeur de sa peau, le goût de sa bouche en même temps qu'il me couche à côté de sa moto échouée. Son corps est dans l'urgence, impérieux, alors que je me sens comme droguée par le choc. Je le repousse un peu, sans oser. Son poids m'oppresse. Je n'ai jamais senti ce genre de corps contre moi. Je reprends peu à peu mes esprits.

– Brandon, non… Non, s'il te plaît…

Je ressens une peur qui me tétanise. Une peur familière. Ses gestes deviennent brusques, égoïstes.

– Non, Brandon ! Je ne veux pas !!!

Je lui donne un coup de genou en me dégageant très vite. Je m'éloigne de quelques mètres, au milieu de la route. Il me dévisage, essoufflé, avec un regard de chien qui s'est fait rabrouer.

– Pas comme ça ! J'ai pas envie, Brandon ! Je suis désolée si t'as cru…

Il se relève, les épaules voûtées. Je recule encore d'un pas. Brandon redresse sa moto et l'enfourche. Il teste le moteur. Puis, sans un mot, sans un regard, il démarre et s'en va.

24

Serre les dents et ne va pas te lamenter ! Tu m'as déçue, Camille, t'as été nulle. Nulle !

Je trébuche dans la boue, fulminant de colère. Je marche au pas de charge, à m'en faire mal aux pieds. Le soleil est descendu derrière les arbres, et l'air se fait plus frais. Mais j'avance, animée par une colère qui ne me quitte pas, depuis que j'ai repris la route. Une colère contre moi.

Parce que, quand Brandon a voulu décider à ma place, ce que j'ai ressenti me dégoûte. Avant même d'avoir peur de ce qui risquait de m'arriver, de chercher à m'en tirer, d'abord, en tout premier, ce qui m'a paniquée c'est que j'avais mes règles et que je n'étais sans doute pas super bien épilée ! L'espace de quelques impardonnables secondes, l'image qu'il allait voir de moi m'a préoccupée. Au lieu de lui en vouloir, de craindre la douleur, j'ai eu honte de moi ! Ce qu'il allait penser de moi était plus important que ce que j'allais subir, et je ne peux pas l'oublier. Je me maudis d'avoir été, ne serait-ce qu'un court instant, prête à lui laisser les commandes de nos deux corps, comme je l'aurais laissé conduire une voiture, choisir la route à prendre, diriger la conversation... Avant de résister, au fond de moi, j'étais déjà prête à capituler devant la puissance impérieuse de *son* désir !

Mais non, Camille, non ! Ce n'était pas du désir ! Pas comme avec Yanis ! C'était même tout le contraire ! Parce que si tu avais senti du désir chez Brandon, avoue-le, tu aurais peut-être craqué. C'est vrai, toi aussi, tu étais troublée par lui. Très troublée. Mais ce qui a sonné l'alarme en toi, juste à temps, c'est précisément que ni son regard ni son corps ne te désiraient. Il était concentré sur lui, il se regardait agir, dans une excitation se nourrissant d'elle-même, dont tu allais accepter d'être le défouloir.

La route bifurque. Je m'arrête, le souffle rauque. Je décide de prendre à droite, puis je reconnais la pointe du clocher d'une église que j'avais aperçue depuis le verger d'Hélène. Je rebrousse chemin.

Est-ce que je dois lui en vouloir ? Est-ce qu'il ne se serait pas arrêté à temps ? Il s'est juste emballé. Je lui avais un peu laissé croire qu'il pouvait essayer. Et puis, il ne m'a pas violée...

Je repense à la phrase de Yanis, comme quoi toutes les filles tomberaient dans les bras des machos qu'elles font semblant de mépriser. Je m'en veux d'avoir été hypnotisée par des muscles bombés, des trucs aussi clichés. Je repense à la jalousie de Yanis, à ses reproches. Des reproches mérités.

Mais, non ! Qu'est-ce que tu te reprocherais ? De ne pas être un objet, une icône figée ? Tu le trouvais beau, Brandon, et après ? Et si tu avais voulu coucher avec lui, toi aussi, et si tu l'avais fait ? Peut-être, alors, tu pourrais t'en vouloir, et encore ! Mais cette violence, c'est en lui qu'elle était, pas en toi, jamais !

Je repense à la phrase de Laura, comme quoi tous les garçons seraient animés de pulsions sales et destructrices. Mais je refuse de tomber dans cette peur-là aussi. Parce qu'elle mène sur une voie dangereuse, celle qui nous sépare et nous rend étrangers. Je refuse de craindre les garçons et les hommes, de craindre mon désir, à cause de ce qui vient de se passer. Et ça me met en rage de me dire que je devrais commencer à surveiller ce que je dis, ma façon de me tenir, mes sourires et mes envies, en fonction de ce que je pourrais risquer de déclencher chez un petit con tatoué ! Un petit con que j'étais prête à plaindre et à qui je cherche encore des excuses, des excuses que lui ne me fera sans doute jamais !

Jamais d'excuse… Je repense à mon père, à ma mère. Parce que la terreur qui me tétanisait, celle qui allait me livrer comme un plat de viande froide à la violence de Brandon, cette terreur, je la connais ! C'est celle qui me fige quand mon père se met à crier, celle qui fait taire ma mère quand je suis en danger. Cette sainte terreur devant la colère de l'homme, contre laquelle il est impossible de s'élever. Et pourquoi ?!

C'est comme un réflexe indélébile que ma mère nous aurait transmis, à ma sœur et à moi : réagir à la peur par la passivité.

Mais il n'y a pas qu'elle qui t'ait conditionnée ! Regarde les choses en face, Camille ! Ce qui est arrivé aujourd'hui était en germe dans tous les livres que tu t'administrais, sous perfusion, comme une droguée qui croit guérir son mal en suçant le venin qui va la faire crever. Dans tous ces livres, toujours la même histoire : une fille un peu godiche, banale, pas sûre d'elle, ou bien superficielle, facile à dénigrer. Et un garçon solaire, inaccessible, aux pouvoirs surhumains, d'une richesse insensée ou bien tout simplement d'une beauté si totale qu'on ne peut que céder. Et elles cèdent, toutes, ces Cendrillon masquées, devant sa volonté à lui, son désir implacable, sa violence, ou devant ses blessures et ses peines qu'elles vont devoir panser. Ce n'est jamais elles qui sont multiples ni complexes. Elles sont inexistantes. Elles cèdent pour exister, au moins un peu, dans son regard à lui, qui les a pétrifiées. Vivre ou mourir à travers lui les fait femmes, les fait reines ou déesses. Être possédées les anoblit. Elles qui n'ont pas de désir jouissent instantanément du plaisir qu'il leur prend. Elles qui ne savent ni qui elles sont, ni où elles vont, s'attachent avec bonheur au premier déséquilibré qui leur montre un chemin avec assurance. Ou, mieux encore – pense à Musset, Camille ! – elles se laissent détruire, pour mourir avec lui, précipitées dans le même tombeau par une pulsion de mort déguisée en passion !

La rage me brouille la vue. Je me sens comme en transe. Voilà ce qui me mettait en colère, lorsque je lisais ces livres pour fuir ma propre vie ! Je revoyais ma mère, ma sœur, ma cousine, mes copines, et toutes les autres lectrices, unies à moi dans ces langoureux rêves de passivité. Et même si je sentais qu'il y avait là quelque chose qui me faisait horreur, je ne savais pas le nommer. Savoir que je mettais mes pas dans ceux de toutes les autres femmes me réconfortait. Toutes ces femmes qui semblaient me crier : "Pourquoi douter ? As-tu la prétention de te croire plus forte, différente ou plus libre ? Résous-toi, Camille. Qu'il te sauve ou te brise, l'amour d'un homme sera ta destinée."

Je suis furieuse contre moi-même d'avoir été incapable de prouver au monde que j'existe, et de l'être encore, en ce moment, perdue et titubante sur une route goudronnée, luttant pour ne pas penser que j'ai mérité ce qui est arrivé, parce que, oui, j'ai éprouvé du désir. Ou parce que, le temps d'un fantasme assumé, j'ai vécu par moi-même, pour moi-même, sans chercher à tricher.

L'épuisement me tombe dessus d'un coup. Le délire consume mon cerveau, comme un circuit cramé. Je m'aperçois que je me suis à nouveau trompée de route. La ferme de ma tante est plus bas, derrière un grand verger. Je franchis un muret de pierres disjointes. Les pieds enflés, j'avance entre des rangées de pommiers. Je n'en peux plus. Je suis vidée.

J'aperçois une forme beige étendue sur le sol. C'est un chien immobile, allongé sous un arbre penché qui semble le veiller. Je m'approche, appelant Pasteur, et je recule avec horreur en arrivant tout près.

25

Je finis par entendre la voix de ma tante dans le grand hangar du fond de la cour, après l'avoir cherchée dans toute la maison. Ça sent la paille et le mouton. Des centaines de brebis se croisent en bêlant. Hélène se tient baissée dans un recoin. J'aperçois l'arrière de son crâne, tandis qu'elle répète :

– Allez, ma belle ! Allez, c'est bien !

Je m'approche en chancelant. Ma tante est agenouillée près d'une brebis qui s'agite. Un gros paquet s'écroule sur le sol au moment où je la rejoins. Hélène ne me regarde même pas. Elle ramasse la chose gluante et sanguinolente : un agneau qui vient de naître ! Hélène se relève en le soulevant par les pattes arrière. L'agneau se déplie comme un jouet désarticulé.

– Ouvre-moi la case là-bas, s'il te plaît ! me lance-t-elle vivement.

Des box en bois sont alignés sur un côté du hangar. Je file vers le plus proche et tire le portillon devant ma tante. La brebis suit lourdement son bébé jusque dans la case où Hélène le dépose doucement sur le sol.

– Referme !

Je m'exécute. La brebis s'est mise à lécher son petit. Deux bouts de pattes noires dépassent de son arrière-train. Hélène grommelle :

– Ah, merde ! Allonge-toi, ma belle, allez !

Elle fait basculer la brebis sur le flanc.

– Tu peux la tenir tranquille ?

– Heu… Je fais comment ?

– Pose ton genou sur son épaule. Non, ici ! Voilà, comme ça. Tu la maintiens avec ton poids…

La brebis souffle sous moi. Je sens son corps chaud, son haleine animale. Des fragments de souvenirs d'enfance refluent soudain en moi. Hélène enfile un long gant de latex et renvoie les pattes du deuxième bébé à l'intérieur de sa mère, y plongeant son avant-bras jusqu'au coude dans un bruit de succion écœurant. Elle croise mon regard en même temps qu'elle fouille le corps de la brebis.

– Il n'est pas dans le bon sens…

C'est gore, comme spectacle, mais je m'interdis d'être dégoûtée. Je fous deux claques mentales à l'adolescente parisienne qui défaille à l'intérieur de moi – celle qui était prête à jouer Barbie dans le film de Brandon – et je me force à ne pas détourner le regard. Je ne veux pas, je ne veux plus être cette petite Camille fragile.

Hélène aide le deuxième agneau à sortir. Visqueux, immonde et fascinant à la fois. Ma tante paraît absente, absorbée par sa tâche.

– Il y en a un troisième…

Elle se lève pour poser son deuxième petit devant la brebis. Malgré mon emprise, la jeune mère entreprend de déballer le bébé des couches de glaire et de placenta qui l'engluent, à grands coups de langue. Je dois peser de tout mon poids pour la maintenir allongée sur le côté. Hélène se remet au travail. Très vite, elle parvient à extraire le numéro trois.

– C'est bon, tu peux la relâcher !

La brebis se redresse en même temps que moi. Ma tante s'assure qu'elle accepte son troisième né avant de tirer une pince d'une de ses poches. Puis elle va accrocher une boucle numérotée à l'oreille de chaque agneau.

– Tu peux aller me chercher le registre qui est près de la porte ?

Je traverse le hangar en courant et trouve un grand cahier. Sur le retour, je remarque une brebis, penchée sur un nouveau-né qui reste allongé dans la paille, immobile.

– Il y en a une qui a fait son petit toute seule, là-bas !

Hélène soupire, fébrile :

– Elles ont attaqué tôt, ces deux-là ! Je ne les attendais pas avant trois ou quatre jours.

Elle me dicte les numéros des bébés et de la mère que je note dans le registre. Ensuite, on file voir la brebis que j'ai remarquée. Son agneau n'a pas bougé. Hélène marque un court temps d'arrêt.

– Il est mort…

Elle se baisse et ramasse le cadavre poisseux, que la brebis tente d'atteindre à grands coups de tête en protestant.

– Va me chercher un des triplés ! m'ordonne Hélène.

Je retourne dans la case. J'attrape tant bien que mal celui des bébés auquel la mère semble le moins accorder d'attention. Comment porter ce genre de bête ? J'essaie de le prendre comme un gros chat, mais ses membres ne se plient pas pareil et il glisse dans mes mains. Je le rapporte à ma tante en trébuchant. Hélène a guidé l'autre brebis dans une case. Elle tend vers moi l'agneau mort.

– Vas-y, frotte le tien dessus ! Vite !

Comme je ne comprends pas, elle se met à frictionner le cadavre contre mon agneau, lui collant un peu partout les restes de trucs gélatineux de l'autre.

– On va essayer de remplacer son bébé par celui-là, souffle-t-elle d'une voix grave. Il faut qu'ils aient la même odeur. C'est pas sûr qu'elle l'adopte. Tu veux essayer ?

– De faire quoi ?

– Présente-lui le tien !

– Moi ?…

Hésitante, je m'avance vers la brebis qui réclame toujours son petit. Je dépose le triplé devant elle. J'ai l'impression de les trahir tous les deux, de faire un truc pas bien. Je mens à la mère et je vole la vie du bébé que j'ai moi-même choisi. Ça me retourne l'estomac. La brebis renifle l'agneau volé. Je n'ai jamais fait une chose qui me semble aussi lourde de responsabilités.

– Tu veux bien t'occuper de lui ? lui dis-je, la gorge nouée.

La brebis me regarde, puis renifle à nouveau le triplé avant de se détourner cruellement. J'ai un pincement au cœur. Si elle l'abandonne, ça sera ma faute ! Je reprends le petit. Je lui remets sous le nez. La brebis a l'air agacée. Je lance un regard paniqué à Hélène quand, d'un coup, la brebis change d'avis. Elle commence à le lécher !

Je sens les larmes me monter aux yeux. Mes vêtements sont sales, mes mains poissent et, d'un coup, la fatigue se rappelle à moi. Ma tante hoche la tête en me souriant. Elle a l'air aussi épuisée que moi.

Je vais me laver les mains au robinet près de l'entrée, et me laisse tomber sur une balle de paille. Après quelques minutes d'observation des deux jeunes mères, Hélène entame un tour du hangar.

La nuit est tombée.

Combien de temps s'est écoulé ?

Ma tête tourne un peu mais je me sens bien, très loin de la tempête qui s'agitait sous mon crâne juste avant. Et, là, je me souviens !

– Hélène, j'ai oublié de te dire ! Il y a une brebis morte dans le vieux verger…

Ma tante revient vers moi, une ride sur le front.

– De loin, j'ai cru que c'était Pasteur mais, en m'approchant, j'ai trouvé une carcasse de mouton qui n'est plus très fraîche…

– Il m'en manquait une. Elle s'était planquée où ?

– Tout au fond, sous un arbre…

Hélène s'assied à côté de moi. Elle a l'air assommée. Ce n'est pas la brebis morte qui l'embête le plus, je le vois bien. C'est la première année qu'elle porte l'exploitation sans mon oncle. Elle doit avoir du mal à tout tenir et l'agnelage ne fait que commencer. Elle me regarde, intriguée.

– Qu'est-ce que tu faisais dans le verger ? Je te croyais dans ta chambre…

– Oh, j'étais allée me promener un peu !

– Tu vas bien, Camille ?

– Mais oui, ça va !

C'est vrai. Ça va.

26

Pain de mie et fromages industriels, chips premier prix et une canette d'Heineken à partager.

– En direct du producteur ! plaisante Hélène en buvant une gorgée. C'est pas à Paris que tu trouveras ces bons produits locaux !

On s'est installées dans les fauteuils du salon pour déguster notre dîner improvisé. J'aime bien son visage. Un visage fatigué. Elle devait être très jolie. J'aimerais bien être comme ça, à son âge.

– Faudra que tu te reposes, Camille. Je vais avoir des nuits courtes pendant quelques semaines. Les autres brebis ne sont pas prêtes mais je vais devoir surveiller. Je ferai des passages toutes les deux heures jusqu'à minuit. Après, je dormirai d'un œil.

– Tu vas entendre depuis ton lit, s'il y en a une qui a besoin d'aide ?

Hélène a un sourire étrange.

– C'est difficile à expliquer… L'éleveur, il vit l'agnelage avec ses tripes, tu sais ! Par exemple, pendant cette période, je ne mets pas mon réveil. Si une brebis a besoin de moi… eh ben, je le sens ! C'est pas très cartésien, mais c'est comme ça.

Son visage s'assombrit. Elle me passe la canette.

– C'est la première fois que je vais gérer ça… toute seule, quoi ! Ça sera plus facile en journée. Je serai plus tranquille. À huit heures, j'aurai Karim et Brandon pour aider.

La bière me réconforte. Je masse doucement mes pieds. Je me décide à aborder une question qui me titille encore.

– D'ailleurs… il va venir à la ferme jusqu'à quand, Brandon ?

– Tu t'intéresses à notre roi des beaux gosses ? s'amuse Hélène avec un regard coquin. Désolée, ma douce, mais Brandon va être très occupé par les brebis jusqu'à la fin de son stage !

Je ne réponds rien. J'aime mieux qu'il soit occupé.

– Lui, il dit que c'est pas viable, ta ferme. Que c'est trop petit, que tu peux pas tenir seule, sans repreneur…

Hélène soupire, agacée :

– Oui, et puis je suis une femme, seule, larguée par son mec, etc. Mais, c'est bon ! Toutes les familles d'agriculteurs ont des ruptures et des séparations. Ça fait partie des risques. Vincent n'a pas tenu, moi je tiens bon ! Et j'aurais bien aimé que maman voie que je vais m'en tirer, moi. Avec ou sans homme !

Je n'ai pas trop envie qu'elle égratigne l'image de ma grand-mère préférée. Je ne savais pas qu'elles avaient des comptes à régler.

– Il est gentil, Brandon, hein, je l'aime bien, m'explique Hélène. Mais il vient d'un monde tellement différent. Et puis, il n'est pas si heureux que ça, tu sais.

– Ah bon ?

– C'est comme ton grand-père, quoi, un fils de fermier "à l'ancienne" ! Il est né pour reprendre l'exploitation, il n'a pas eu le choix. Alors qu'en réalité, il n'était pas forcément fait pour ça.

Je n'ai pas non plus très envie d'entendre parler des malheurs de Brandon.

– Tu dis, *comme ton grand-père* ? Il n'était pas heureux de la vie ici, lui ?

Hélène reste bouche bée.

– Tu ne sais pas pour... ?

– Je l'ai jamais connu, moi ! Il est mort bien avant que je sois née !

– Oui, mais... Enfin... il s'est suicidé !

Ma main reste suspendue au-dessus du paquet de chips. Le visage d'Hélène s'est froissé.

– Les suicides dans ce milieu, c'est presque normal, tu sais ! À cette époque on ne faisait que les brebis, pas les pommes. L'élevage, ça ne lui plaisait pas. Il aurait voulu faire autre chose mais il ne savait rien faire, vu qu'il avait toujours été programmé pour la ferme… Tu ne sais rien de tout ça, alors ? Ton père ne t'en a jamais parlé ?

– Non.

– Quand même…

Elle se ravise pour soupirer :

– Enfin, c'est du passé !

Je reste choquée.

– Mais, ça a dû être horrible. Pour vous deux, je veux dire, ses enfants !

Hélène hausse vaguement les épaules. Elle hésite avant de répondre :

– C'est aussi pour ça que maman a si vite accepté, quand ton père n'a pas voulu faire ce métier. Et quand moi, je suis restée, malgré ses réticences. Une fille seule ne reprend pas la ferme, surtout pas dans ce temps-là ! Bien plus tard, on a réorienté la production et j'ai…

– Attends, je comprends pas ! Tu dis que mamé a accepté ? Mais papa dit toujours qu'il s'est "fait tout seul", pour pas finir paysan…

Ma tante s'étrangle. Elle fait semblant de rire mais je vois bien que ça ne l'amuse pas du tout.

– "Tout seul" ? Vraiment, il exagère ! Maman s'est saignée pour ses études. Et personne ne lui a jamais fait la leçon, à lui. Elle était fière de ce qu'il est devenu. Je reconnais qu'il y a de quoi être fier, c'est vrai ! Même si on ne s'entend pas trop, quand on y pense, ton père s'est construit un chemin. Pas “tout seul”, mais son chemin à lui !

On dirait que ma tante a décidé de faire tomber tous les masques que je prenais pour des visages. Je me fais la réflexion que le travail de mon père ressemble un peu à ce qu'on vient de faire avec Hélène : il ouvre des corps, fouille des entrailles. Des choses qu'on ne voit nulle part, et dont on ne parle jamais dans les livres pour filles. C'est organique, repoussant. Comme aller à l'encontre de tous les tabous.

Hélène pose son regard sur ma main.

– Qu'est-ce que tu tripotes, comme ça ?

– Hein ? Oh, c'est juste un bout de laine de brebis qui était accroché dans les branches d'un pommier. Du coup, je me suis rappelé… enfin, quand j'étais petite, j'avais dit que je voulais être “ramasseuse de laine dans les pommiers”. Je me rends compte que ça doit venir de là ! J'avais oublié. C'est comme les brebis : l'odeur, le contact, j'avais oublié, mais c'est familial… je veux dire *familier* !

Hélène termine notre bière. Elle bâille, en s'excusant de la main, puis elle ajoute rêveusement :

– Ton père te l'a peut-être raconté mais, sur la fin, quand elle commençait à se voir mourir, mamé nous avait dit “Quand je serai morte et que vous vendrez la ferme, y en aura qu'une à qui ça fera de la peine !”… C'était toi, bien sûr ! Parce que tu aimais tellement venir ici, alors que ta sœur et tes cousins rêvaient de shopping ou de parcs d'attractions…

J'ai vécu beaucoup trop de choses en une journée. Je mets tout ça de côté dans ma tête pour mieux y repenser plus tard. Je me sens changée. Mes oreilles bourdonnent. J'étire mes deux jambes engourdies et j'embrasse la pièce du regard.

– Je crois qu'il faut que je rentre à Paris.

Avant de me coucher, je sors de ma valise le livre que Yanis m'avait offert, juste avant son départ pour Toulouse, encore enveloppé dans du papier doré. Je le déballe précautionneusement…

On ne badine pas avec l'amour, c'est une pièce de Musset ! En l'ouvrant pour sentir l'odeur des pages, je fais tomber une feuille, glissée à l'intérieur. Je la déplie pour lire les quelques lignes écrites par Yanis, de son écriture enfantine et torturée :

Salut joli oiseau !

Vous êtes maintenant enfermée pour quinze jours dans votre chambre parisienne et vous avez l'impression d'être toute seule sur Terre.

Vous ne l'êtes pas totalement, sachez-le ! Car quelqu'un pense à vous et vous aime. Regardez la photo en fond d'écran sur votre téléphone, et vous saurez qui c'est.

Mais non, pas vous-même ! Le garçon, à côté ! Oui, celui qui a les lèvres posées sur votre joue.

27

La deuxième sonnerie retentit. Je piétine dans le couloir du lycée. Les autres doivent déjà être en train de déjeuner. La porte du bureau s'ouvre brusquement sur un élève à la mine préoccupée qui passe sans me voir. La conseillère d'orientation sort à son tour, sacoche sur l'épaule et clés en main.

– Madame Zitouni !

– Camille ! Tu m'as fait peur.

– Bonjour, madame… Je dois vous parler. J'ai réfléchi et…

– Attends, attends ! Je ne donne pas d'audiences dans le couloir ! Tu veux me voir ? Eh bien, tu prends rendez-vous et tu viens dans mon bureau, aux horaires où je reçois les élèves.

Le ton était sec mais je ne me laisse pas démonter.

– Oui, mais c'est urgent, madame ! Justement, mes parents ont pris rendez-vous avec le directeur, après-demain. Je dois absolument vous parler ! S'il vous plaît !

– Je n'ai pas une seconde aujourd'hui et j'ai exactement vingt minutes pour faire pipi et déjeuner !

– Si vous voulez, je peux vous attendre, même ce soir, après les cours, n'importe quand !

– J'ai une vie, en dehors du lycée ! Prends rendez-vous et je t'écouterai !

Mon emballement est retombé. Mme Zitouni s'éloigne d'une démarche nerveuse. Le claquement de ses talons résonne dans le couloir. Je ramasse mon sac, dépitée. La conseillère s'arrête devant le sas qui mène au hall, rajuste ses lunettes et me lance, sans se retourner :

– Tu as cours à quelle heure ?

– 13 h 30…

– Si tu me laisses aller aux toilettes, j'aurai peut-être un quart d'heure.

Elle passe la porte battante en soupirant bruyamment :

– Ils vont me tuer !…

*

Mme Zitouni s'assoit face à moi. Elle farfouille dans sa sacoche pour en extirper un sandwich emballé dans un papier d'alu froissé. Je lui adresse un pauvre sourire d'excuses :

– Bon appétit !

Elle lève les yeux au plafond d'un air exaspéré et entame son déjeuner en rallumant son ordinateur.

– En fait, je voulais vous voir parce que j'ai réfléchi…

– Il était temps !

Je commence à cerner son humour à froid. Je continue :

– Enfin, c'est pas miraculeux, hein ! Mais, pendant les vacances, j'ai été dans des endroits où je me suis sentie… Ça vous va paraître bête mais, j'ai fait un tour dans un lycée… un lycée agricole… en Normandie, et ça m'a semblé tellement plus calme, plus…

– Tu veux faire un bac agricole ?

– Non, c'est pas ça ! Je ne vais pas devenir agricultrice, bien sûr !

– Non ? Pourquoi pas ?

Ses coups d'œil réguliers à l'horloge murale me rappellent le temps très court dont je dispose.

– Qu'est-ce qui t'a plu là-bas ?

Mme Zitouni pianote sur son clavier en mâchant bruyamment. Je sens que je perds un peu le fil de ce que je voulais lui dire.

– C'est pas forcément que je me vois travailler à la ferme, c'est plutôt que ces métiers… enfin, chez ma tante… même le discours des jeunes, ça m'a paru… plus vrai que tout ce qu'on fait ici !

– Ça t'a semblé plus concret, plus dans le réel, dans l'action, c'est ce que tu veux dire ?

– Ben… Ici, on éduque les esprits, on les fait grandir dans des corps tout propres qui présentent bien mais qui ne servent à rien. En fait, ils ne servent à rien, nos corps, dans cette vie ! Alors que là-bas, à un moment, j'étais un esprit *et* un corps à la fois, vous voyez ? Un corps qui agit, qui se salit, qui existe pour de vrai. Je sais que c'est ridicule mais…

– Je n'ai pas dit que c'était ridicule.

– Non mais, ça fait vraiment cliché, la campagne, et tout ça ! J'idéalise forcément. Mais je ne me vois pas du tout… Enfin, je suis toujours aussi paumée, mais je sentais que ça s'éclairait un peu dans ma tête, alors…

– Dans le monde agricole, il y a toutes sortes de gens ! Des gens qui font de la recherche, des gens qui écrivent… Si tu es intéressée par la nature, les animaux, l'alimentation ou l'environnement, il y a des pistes à explorer. Tout dépend de toi.

– Ben non, pas seulement de moi !

– Justement, qu'en disent tes parents, Camille ?

Je baisse les yeux. Après un silence, je sors deux portables de mon sac. Mme Zitouni perd patience :

– Ah non, par contre, tu gardes tes téléphones éteints et rangés !

– C'est pas pour m'en servir ! C'est juste pour vous montrer… Celui-là, il leur sert à m'espionner chaque seconde de ma vie. Et, celui-là, c'est celui que je viens de m'acheter en cachette pour ne pas me retrouver seule au monde… Alors, vous voyez, le dialogue avec mes parents, c'est compliqué !

Mme Zitouni me dévisage un instant. Je ne sais pas si elle comprend.

– Est-ce que, finalement, ce qui t'a plu dans ce lycée normand, ce n'est pas la perspective de t'éloigner de ta famille ? Parce que le nombre d'élèves qui ne rêvent de partir à l'étranger que pour fuir leurs parents…

Je hoche vaguement la tête.

– C'est trop l'horreur, c'est vrai, mais c'est pas juste ça ! L'idée de redoubler ici, à psychoter sur les notes, juste pour avoir un boulot soi-disant bien payé… Moi, j'ai envie d'agir, de faire des choses !

– Camille, on va devoir s'arrêter là pour aujourd'hui. Je te propose de revenir me voir demain, à 17 h 45. On épluchera tes notes et on cherchera des pistes, puisque tu es enfin disposée à le faire. Mais, franchement, tout ce qu'on fait ici pourrait aussi très bien être fait avec tes parents !

– Ah non, je pense pas !

– Je ne suis pas dans ton camp ni contre tes parents, que ce soit bien clair ! Si ton père et ta mère agissent comme ils le font, ce n'est pas pour te nuire mais parce qu'ils pensent que c'est pour ton bien. Vous devez recréer un lien ! Ce que, moi, je peux essayer de leur faire comprendre, c'est qu'ils ne se basent que sur leur propre expérience de vie, qui est valable, mais qu'en tant que professionnelle, je suis compétente pour te donner accès à de nombreuses autres expériences, qui te parleraient peut-être davantage. Quant à toi, tu as jusqu'aux vacances d'avril pour te tirer d'affaire. Il ne faut pas chômer !

On frappe à la porte. Une fille apparaît derrière moi. Elle s'excuse en me voyant et ressort timidement.

Le regard de Mme Zitouni se perd un instant dans le flou d'un souvenir.

– J'ai suivi un garçon à qui son père prévoyait une carrière comme la sienne, dans le secteur bancaire. Hors de la finance, point de salut ! Sauf que ses notes n'étaient pas réellement satisfaisantes. Il pouvait pourtant être brillant, quand il le voulait, m'assuraient ses professeurs. C'est pour ça que je pense à lui en te parlant, bien que son cas soit très différent. Bref, après avoir tourné autour du pot pendant de longues semaines, ce garçon m'a avoué qu'il avait déjà réfléchi à ce qu'il voulait faire, le fourbe ! Il voulait devenir éboueur ! Ne ris pas ! Il avait mûri la question, et il avait considéré que les horaires de ce métier lui laisseraient beaucoup de disponibilités pour sa famille et ses passions, que le salaire était bien au-dessus de la moyenne et les avantages sociaux non négligeables. Le modèle que son père lui offrait, il n'en voulait pas. Parce que son expérience personnelle lui avait démontré qu'un père qu'on ne voit jamais à la maison n'avait pas fait son bonheur, c'est tout !

Je l'écoute, à la fois déconcertée qu'elle trouve un lien entre moi et l'apprenti éboueur, et terrifiée de ne pas réussir à savoir ce qui me conviendrait, à moi. Le poids de mes décisions me semble encore plus écrasant. Décider de sa vie avec un compte à rebours sous le nez, comment ne pas se planter ?

– Je t'avoue que, comme toi, son idée m'a semblé complètement abracadabrante ! On a tous des préjugés, moi comme les autres. Alors ce garçon m'a récité un poème, un poème très connu, le poème préféré de Nelson Mandela, je te conseille de le lire. Ça m'a bouleversée parce qu'il le connaissait par cœur. Et j'ai compris que sa vérité intérieure était plus forte que toutes les formes d'obstacles.

Mme Zitouni s'est levée pour aller ouvrir la porte à la fille qui attendait toujours dehors.

– Bonjour, Marine ! Tu peux entrer… À demain, Camille. Pense à ta vérité !

Je ressors, mon sac et mon manteau dans les bras.

Je m'assois dans le couloir et je dégaine mon nouveau téléphone pour chercher "Poème préféré de Nelson Mandela".

28

Cher Toi,

J'ai lu ton livre. Il m'a beaucoup touchée mais peut-être pas pour les raisons que tu aurais souhaitées. Il m'a parlé de toi et j'aime toujours ça, mais il m'a aussi fait mesurer tout ce qui nous séparait.

J'ai été difficile avec toi, souvent, je sais. Les conneries que j'ai faites ne pourront pas s'effacer. Quand j'y pense aujourd'hui, je ne comprends plus trop ce qui m'est passé par la tête, dans ces moments. Parfois, je me suis tellement haïe que j'ai pensé que tu ne pourrais pas faire autrement que de me haïr aussi.

Il ne faut pas être jaloux ni m'en vouloir tout le temps. Je ne fais rien par méchanceté et je t'aime plus que tu le crois.

Quand tu m'as dit que c'était la Camille du collège que tu avais le plus aimée, ça m'a tuée. Je sais bien que j'ai changé. Mais je ne pourrai jamais redevenir quelqu'un que j'ai oublié.

Ça m'épuise d'être moi-même, si tu savais ! J'ai l'impression d'être coupée en deux, d'avoir des désirs que je déteste, d'être influençable et en même temps de résister à tout le monde, de ne jamais choisir sans regretter, d'être égoïste mais de toujours me laisser faire par les autres…

Difficile de retranscrire ce que je ressens. Il n'y a pas qu'une seule Camille en moi. Il n'y a pas que celle que tu aimes aimer. Il y a des centaines, des milliers de moi-même, et j'en suis désolée parce que je ne pourrai jamais rien contre ça.

Dans ma vie d'aujourd'hui, et depuis des années, la seule chose sérieuse, c'est toi. Tu es tout pour moi, et je suis tout pour toi. Ce n'est pas une bonne chose, pour aucun de nous deux.

Je sens que ma personnalité est en train de changer en fonction de toi. J'étouffe certains côtés de moi parce qu'ils ne te conviennent pas. Ça ne me plaît pas. Je le fais simplement parce que je t'aime trop. "Trop", dans tous les sens qu'on peut donner à ce mot.

J'ai très peur de vieillir et de n'avoir rien fait. Je ne vis pas. Je ne suis rien. Je n'existe que par ton regard et, parfois, notre amour m'entrave.

Je suis peut-être trop exigeante. Je devrais sûrement me contenter d'avoir quelque chose de si beau, de si précieux, et que tant de gens cherchent souvent en vain. Mais si ma vie ne devait être remplie que de cet amour, il me manquerait toujours quelque chose. L'amour ne me suffit pas.

Yanis pose la liasse de copies doubles que je remplis de pensées depuis presque deux mois et que je lui ai donnée.

On a séché les cours. Il n'y a que des adultes dans les rues de Paris. Nous sommes assis sur le banc de métal qui entoure les fontaines aux formes enfantines de Niki de Saint Phalle. Deux gosses échappés dans le monde des grands.

Il fait doux. Mon cœur est si affolé de ce qui va se passer qu'il pourrait s'envoler à tire d'aile si j'entrouvre les lèvres. Pourtant, Yanis attend. Allez, Camille, il faut parler !

– Je voulais que tu me comprennes le mieux possible et c'était plus facile par écrit. Mais je ne voulais pas non plus que tu me reproches d'avoir été lâche, et de t'avoir balancé sur papier ce que je n'avais pas le courage de te dire en face… Donc, voilà : je vais partir. Je n'en peux plus de vivre chez mes parents. Je ne sais pas où je vais, mais c'est sûr, je m'en vais. Dans un autre lycée, le plus loin possible d'eux. Et donc…

Ma voix s'étrangle. Je voulais à tout prix l'éviter. Je n'ai pas le droit de flancher !

– Et donc, forcément, loin de toi aussi. Ça me fait atrocement peur parce que j'ai besoin de toi. Mais c'est égoïste, ce besoin. J'ai besoin de toi parce que tu me rassures et que tu me fais du bien. C'est pas des bonnes raisons pour faire souffrir quelqu'un ! Puisqu'au fond de moi…

Il a levé les yeux sur moi. Son regard me traverse. Ma volonté vacille. Mais c'est trop tard, je ne peux revenir en arrière.

– Au fond de moi, je sais que, même si je t'aime plus que tout… tu me crois hein ? Eh ben, je sais que je ne t'aime pas comme tu m'aimes toi. Je ne pourrai plus jamais ressembler à celle que tu aimais. Ou, si je me forçais à redevenir cette fille, un jour, je t'en voudrais. On ne cherche pas la même chose, Yanis. C'est comme si tu voulais réparer l'histoire de tes parents, lui offrir une fin heureuse. Tu te souviens, quand tu m'en parlais ?… Alors que moi, je veux faire tout le contraire des miens, et de leur relation morbide où je les vois s'enliser.

– Mais… C'est pas fini quand même ?

Je ne l'avais jamais entendu avec cette petite voix. Une voix blanche qui me retourne l'âme.

– Il n'y a que moi au monde qui pouvais te faire aussi mal. Et je te referais souffrir, Yanis, c'est sûr ! Je ne veux pas te mentir, jamais. Tu es trop précieux pour moi.

Nous voilà, comme deux statues de glace assises au bord du bassin. Sans doute mon cœur s'est-il envolé, puisque je ne sens plus en moi que ce grand vide qu'il me faudra apprendre à apprivoiser. Les jets d'eau des fontaines emplissent autant qu'ils peuvent le silence de plomb qui est tombé sur nous. Au lieu de larmes, il n'y a qu'un silence muet, et au lieu des torrents de pluie que le ciel devrait verser pour nous, les doux rayons dorés d'un soleil printanier.

Yanis se lève, comme un robot rouillé. Le regard planté jusque six pieds sous terre, il ouvre à peine la bouche et souffle entre ses dents :

– Je te préviens, si tu me quittes… moi, je te quitterai jamais !

29

– Je vous demanderai, messieurs dames, et surtout mademoiselle, de veiller à couper vos téléphones afin d'éviter que nous ne soyons interrompus toutes les cinq secondes.

Je vérifie que mon portable est éteint avant de le poser à côté de moi.

Il y a le directeur et Mme Lepage, assise à sa gauche. À sa droite, Mme Zitouni finit de s'installer. Il y a mon père et ma mère qui m'encadrent. Moi, on dirait que je ne suis pas vraiment là. J'ai beau avoir la place centrale, comme pour affronter un jury, tous ces adultes n'échangent des regards qu'entre eux.

Les trois silhouettes face à nous se découpent dans le contre-jour froid d'une fenêtre à barreaux. Mon père lisse nerveusement son pantalon sur ses cuisses. Ma mère ne fait rien, comme d'habitude, à demi absente de cette réunion qui se jouera sans elle, mais elle apporte au tableau une touche décorative.

Le visage de Mme Zitouni est fermé. Je guette en vain un regard de soutien de sa part, puis je comprends qu'elle est stressée. On a beaucoup bossé. Je lui en suis profondément reconnaissante. Mais en cet instant précis, je ne sais plus si j'ai la force que je croyais pouvoir trouver en moi. J'ai peur. Je ne suis plus sûre de rien.

Deux rides verticales barrent le front bombé de M. Flandin. Il sourit sans chaleur à mes parents.

– Bien ! Donc, vous persistez dans votre demande de redoublement en classe de seconde générale pour Camille ?

Hochement de menton de mon père. Croisement de regards virils et affûtés. Le directeur caresse sa lèvre inférieure du bout de l'index.

– Vous savez, monsieur, que notre établissement refusera son dossier…

– Vous savez bien qu'en cas de désaccord, les parents finissent toujours par l'emporter, répond fermement mon père.

M. Flandin le fixe un long moment.

– Si vous vous obstinez à refuser une réorientation, vous obtiendrez effectivement gain de cause, cela ne fait aucun doute. Mais, étant donné le niveau de ses notes cette année, je peux vous assurer que Camille ne redoublera pas chez nous. Nous sommes un lycée d'excellence, et l'excellence ne se brade pas ! Ce qui va se passer, c'est que votre fille sera obligée d'aller dans un lycée de seconde zone pour faire sa prépa, et vous n'ignorez pas que cela n'aura pas la même valeur pour la suite.

Une sonnerie retentit en sourdine dans mon sac, à mes pieds. Merde, c'est mon deuxième portable que j'ai oublié de couper ! Heureusement, personne ne semble y prêter attention. Ma mère sort de son mutisme en roulant des yeux effarés.

– Mais enfin, vous vous rendez compte que vous êtes en train de nous dire que, quoi qu'on fasse, Camille va droit dans le mur !

– Je suis navré que vous l'ayez pris de la sorte ! Il me semblait que nous avions offert d'autres alternatives qu'un “mur” à votre fille. Sur toutes ces questions, l'avis de Camille, aussi, est essentiel. Vos projets de classe préparatoire ont manifestement été formés sans elle. Vous devez considérer son travail avec Mme Zitouni comme celui d'une presque adulte qui veut être impliquée dans ce qui la concerne.

Un long silence suit cette phrase. Mes parents me dévisagent sans comprendre. Cette fois, tout le monde entend parfaitement mon téléphone se remettre à sonner. Le directeur soupire, irrité. Je me résigne à tirer mon second portable du secret de mon sac. Le nom de Yanis clignote sur l'écran. J'éteins. Les joues en feu, je pose mes deux téléphones endormis, bien en évidence sur la table. Mes parents les observent avec la même stupeur que si j'avais sorti des grenades dégoupillées.

Mme Zitouni se gratte la gorge.

– Je crois comprendre, hélas, que Camille n'a pas eu le temps de faire part à ses parents de ses nouvelles intentions, monsieur le directeur !

Je sais qu'elle est déçue de le découvrir, et j'ai honte. Je n'ai pas fait ce que je lui avais promis. Mais je n'ai pas pu ! C'était trop dur de leur parler. Mme Zitouni prend une grande inspiration.

– En l'état actuel des choses, Camille n'est pas encore décidée, mais nous avons commencé à repérer des baccalauréats professionnels qui peuvent l'intéresser...

– Un bac pro ! la coupe ma mère, sonnée. Vous vous rendez compte de...

– Oh, je me rends tout à fait compte, madame ! C'est un souhait de Camille, qui vit très mal son année de lycée chez nous. Or, je suis bien placée pour le savoir, les élèves de seconde générale qui souhaitent réellement aller vers le professionnel, personne ne les écoute. On considère que cette voie ne peut être qu'un déclassement ou une sanction. Mais il existe des lycées professionnels qui mènent aux grandes écoles, ou à des carrières brillantes dans des secteurs de pointe !

Je reconnais les arguments répétés ensemble pour amadouer mes parents. Le regard de mon père continue de peser sur moi, tandis qu'elle poursuit :

– Aujourd'hui, quasiment tout le monde a son bac ! Ce qui fait la différence, c'est la mention. Il vaut mieux avoir un très bon bac pro avec mention, qu'obtenir ras les fesses un bac soi-disant "haut de gamme". Donc…

C'est le moment ! Je la regarde prendre sa respiration comme on prend son élan.

– Plusieurs lycées agricoles ont retenu notre attention.

– Agricoles ? s'étouffe mon père. Non, mais d'où elles sortent, ces idées ? Vous êtes en train de téléguider ma fille vers une voie de garage parce que vous ne pensez qu'à la réputation de votre lycée ! On parle de l'avenir d'une adolescente du vingt et unième siècle, pas d'un caprice de Marie-Antoinette qui joue à la bergère avec ses copines, à l'heure du thé ! Camille ne nous a jamais parlé de ce genre de choses avant !

– Si, j'en ai parlé !

Cinq paires d'yeux se posent sur moi. Mme Zitouni m'adresse un sourire d'encouragement. Mon père bredouille, paumes vers le ciel :

– Quand ça ?… Quand tu en as parlé ?

– Au collège, en sixième. On devait décrire l'endroit idéal où on vivrait quand on serait grands. J'avais écrit que l'endroit de mes rêves, celui où j'étais la plus heureuse, où je me sentais libre, c'était la ferme de mamé. Ça faisait plus de deux étés qu'on n'y mettait plus les pieds. Alors, je vous avais fait lire ma rédaction pour que vous sachiez à quel point ça me manquait. Mais, tout ce que tu avais dit...

Mon père m'interrompt, la voix trébuchante :

– Mais... Ah bon ?... Je n'ai aucun souvenir de... Enfin, c'était une rédaction d'enfant, pas un projet d'avenir !

Je reprends en luttant pour imposer ma voix :

– ... mais tout ce que tu m'as dit, ce jour-là, c'est que Marie-Antoinette aussi aimait jouer à la bergère mais qu'elle pouvait se le permettre parce qu'elle était reine de France ! Je m'en souviens très bien, moi.

Mes parents semblent abasourdis. Mme Zitouni vole à ma rescousse.

– Nous ne sommes pas en train de vous dire que Camille veut compter les moutons, ni qu'elle a le moindre penchant pour la décapitation ! Je lui avais bien dégoté un CAP de berger à Montreuil, mais cette suggestion n'a pas du tout retenu son attention !

Je suis la seule du groupe à ne plus être déroutée par l'humour de la conseillère d'orientation. Contre toute attente, Mme Lepage prend la parole avec émotion :

– Eh bien, pardonnez-moi d'exprimer une opinion personnelle, mais je crois que c'est un vrai gâchis ! J'espérais que nos avertissements auraient servi d'électrochoc à Camille, qu'elle allait se reprendre. Mais on est en train de sacrifier l'avenir d'une fille qui est capable ! Même en redoublant dans un lycée moins coté, je sais que le chemin sera dur mais, Camille, ne quitte pas le circuit général ! Il faut t'accrocher ! Je ne comprends pas, tu as du potentiel, une maturité exceptionnelle. Tes points de vue, la finesse d'analyse de tes lectures…

– Justement, madame ! Les livres, moi je ne veux pas en faire un métier ! C'était pour me construire en attendant de vivre. Mais les personnages des romans que vous nous faites étudier, ils ne sont pas assis derrière une table, ils n'attendent pas, ils vivent ! C'est même pour ça qu'on les admire. Moi, je veux être le personnage principal de ma vie, pas sa lectrice !

Je me tourne vers mon père. Je ne trouve aucune colère dans son regard hébété, pourtant ma voix tremble de peur :

– Ne me force pas à faire comme toi. Ne me laisse pas me faire toute seule, papa ! J'ai besoin que vous croyiez en moi.

30

À peine sorti du bureau, mon père file s'enfermer dans les toilettes, au bout du couloir. J'attends avec ma mère qui rumine ses pensées. Aucun de nous trois n'a encore prononcé une seule parole.

Je rallume mon nouveau portable sans me cacher. Maintenant que tout le monde est au courant, à quoi bon faire semblant ?

Yanis n'a laissé aucun message.

Machinalement, comme un réflexe impossible à contrôler, je commence à faire défiler les publications de mon cercle d'amis, avant de réaliser que je me fous complètement du cookie Nutella-chantilly de Samy, du selfie de Julie ou du challenge de Kate.

Je reviens à moi et à ma vie. Et je sais que je ne devrais pas, puisque j'ai tout cassé, mais la seule chose que je voudrais, tout de suite, c'est avoir Yanis près de moi. Mon seul ami, mon allié. Tous ses comptes sont au point mort, ni statut, ni message, ni photo publiée.

Mon téléphone le localise en quelques secondes… dans la rue de mon lycée !

Mon père revient d'un pas faussement assuré. Il garde un air vaillant mais ses yeux bouffis montrent qu'il a pleuré. Il laisse tomber son regard sur mon portable et hausse doucement les épaules.

– On voulait te recadrer, te faire réagir, mais on n'aurait jamais… On n'allait quand même pas t'espionner ! Cette application dont je t'avais parlé, elle coûte la peau des fesses ! Je n'allais pas payer une telle somme pour fliquer ma fille ! J'aurais sûrement même pas été capable de l'installer !… Enfin quoi, merde ! On n'a jamais été fourrer notre nez dans ta vie privée !

Je n'en reviens pas. Alors, j'ai inventé tous ces stratagèmes pour rien ? Ma mère prend la main de mon père en le regardant longuement. Elle ne lui a rien dit mais c'est comme si un message était passé d'elle à lui. Il hoche la tête et ses yeux se font fuyants.

– C'est vrai que tu ne pouvais pas le deviner, non plus !… Je suis désolé, Camille. On veut bien faire et puis…

– On y va ? suggère ma mère, tout bas.

Je les suis, quelques mètres derrière eux, qui marchent toujours main dans la main. Je me dis que ce qui les unit m'a toujours échappé mais qu'il doit y avoir quelque chose, après tout.

En sortant dans la rue, je découvre Yanis, juste devant la porte. Il se tourne vers mes parents. Ils échangent tous les trois un regard sans surprise, comme si j'étais la seule à ne pas savoir qu'il nous attendait là. Il a dû les appeler. De quoi ont-ils parlé ? Ma mère m'adresse un sourire triste en s'éloignant avec mon père.

– On t'attend à la maison. Ne traîne pas trop. On doit parler de ton avenir. Au revoir, Yanis…

Yanis lui répond mollement d'un hochement de menton. Puis nous restons tous deux face à face, à regarder fixement les pieds de l'autre. Les longs silences qu'on partageait ensemble au téléphone me semblaient plus légers. Yanis se met à se ronger les ongles. Alors, par habitude, j'abaisse doucement sa main, comme je l'ai toujours fait.

– Arrête ça.

On s'assoit en même temps sur les marches du perron. Il porte un manteau neuf, un manteau de jeune homme. Il ne dit toujours rien. Moi non plus. Du coin de l'œil, je le vois prendre son téléphone. Il tapote frénétiquement l'écran de ses pouces. Je soupire, agacée qu'il soit venu me voir pour écrire à ses potes.

Mon téléphone vibre dans ma poche. Je ne réagis pas tout de suite. Puis j'hésite.

Je comprends.

Je lis le message qui s'affiche :

Yanis : C'est pas possible qu'on en soit là. Tu décides de nos vies !

Il continue à pianoter très vite. J'attends, rivée à mon écran, comme lui au sien, nos deux téléphones si proches qu'ils pourraient se toucher.

Yanis : Je te vois partout ! Dans les livres, les films. Ça me rend fou.

Yanis : Crois-moi, j'ai souffert d'être aussi con et jaloux, mais si tu m'aimes encore, aide-moi plutôt à changer.

Yanis : Et d'abord, c'est pas vrai que je veux te modeler à mon image. Je suis prêt à tout accepter, même cent autres Camille avec qui te partager. Tant pis si je ne les aime pas toutes.

Yanis : Si tu pars, c'est sûr, ça va me dévaster. Mais je t'attendrai. Et si tu changes, là-bas, je réapprendrai à t'aimer.

Yanis : Je regarde les gens autour de moi. Il leur manque tous quelque chose pour aller avec moi. Il n'y a que toi qui te connectes à moi sans adaptateur, sans plugin, sans driver.

Doucement, je laisse ma tête descendre jusque sur son épaule.

Yanis : Je ne t'encombrerai pas. Laisse-moi juste continuer à vivre dans ton regard. Cette image de moi, c'est le Yanis que je préfère.

Yanis : Je m'en fous de ce que pensent tous les autres. Moi je ne pense qu'une seule chose.

Camille : Laquelle ?

Yanis : Que je trouve nos deux corps nus magnifiques et que cette image m'aide à supporter toute la violence du monde.

Camille : Yanis, lâche ton portable.

J'ai embrassé Yanis bien des fois, et j'ai même embrassé d'autres que lui.

Mais aucun de ces baisers,
n'était si plein d'amour
que celui-là.

AVRIL

31

Assise à contresens, ma place préférée, je regarde les rails filer.

J'ai le trac.

Honnêtement, je ne suis toujours pas sûre de ne pas déconner. Mais quand je me rappelle que l'autre alternative serait de reprendre ma vie à Paris, j'ai envie de partir en courant et de foncer tête baissée. Ça, j'en suis sûre, c'est pas pour moi. Et je n'y peux rien si ça fait rêver d'autres qui n'ont pas eu le choix.

Aujourd'hui, c'est journée "portes ouvertes" au lycée agricole que j'avais visité. Interne, ça m'irait bien. Brandon ne me fait pas peur. Ce n'est pas pour lui que je reviens.

Hélène ne peut pas me loger à l'année, mais elle serait tout près, et ça suffit à me rassurer. Comme elle a rassuré mon père, lors de la plus longue conversation téléphonique qu'ils aient sans doute eue de leur vie. Depuis le rendez-vous au lycée, mes parents se sont pas mal remis en question, ils m'ont écoutée. Mais c'est le coup de fil de ma tante qui a décidé mon père à me faire confiance.

Il a tenu à ce qu'on se rende là-bas ensemble, par le train que je prendrai seule chaque week-end, si tout ça se fait. Assis côte à côte dans le carré, ma mère et lui consultent pour la dixième fois le dossier que leur a fourni la conseillère d'orientation. Quand j'y pense, j'ai eu de la chance de tomber sur Mme Zitouni ! En cherchant avec elle, plusieurs pistes ont fait grandir en moi l'intuition de ce qui me motivait et que je m'interdisais depuis toujours. Pas pour moi, pas pour une fille… et pourquoi pas ?

Mais décider de sa vie en quinze jours, c'est risqué ! Alors, on cible un bac qui me ménage des issues de secours, des débouchés variés. Parce que je joue quand même gros. Je joue ma vie. Et je joue Yanis aussi, mon âme frère à jamais, quoi qu'il puisse nous arriver. Yanis qui l'a compris, qui l'accepte. Pour moi.

Dans mon sac, j'ai trois grigris qui me porteront chance : un portrait de moi au fusain, offert par Laura, qu'elle avait dessiné dans son cahier d'anglais. Le livre de Musset, dont Yanis a souligné toutes ses phrases préférées. Et mon téléphone avec, en fond d'écran, l'inscription "INVICTUS".

Les deux seules certitudes auxquelles je vais me raccrocher maintenant, c'est le sentiment d'être en accord avec ma vérité. Et le visage de Yanis, quand je l'ai embrassé.

Car, malgré mes doutes, malgré Musset, et malgré tous les livres…

Je sais que l'amour existe.

Invictus

Dans les ténèbres qui m'enserrent
Noires comme un puits où l'on se noie
Je rends grâce aux dieux, quels qu'ils soient
Pour mon âme invincible et fière.

Dans de cruelles circonstances
Je n'ai ni gémi ni pleuré
Meurtri par cette existence
Je suis debout, bien que blessé.

En ce lieu de colère et de pleurs
Se profile l'ombre de la Mort
Je ne sais ce que me réserve le sort
Mais je suis, et je resterai sans peur.

Aussi étroit soit le chemin
Nombreux, les châtiments infâmes
Je suis le maître de mon destin
Je suis le capitaine de mon âme.

William Ernest Henley (1849-1903)
Poème préféré de Nelson Mandela

NOTE DE L'AUTEUR

Les personnages de mes romans *Ma réputation*, *Oublier Camille* et *Mon âme frère* se croisent, se rencontrent ou se ratent, tour à tour rôle principal, secondaire ou simple figurant, sur deux années scolaires de lycée, dans des histoires indépendantes qui se répondent et se font écho.

Laura, Yanis, Camille et quelques autres m'ont offert la subjectivité de leur âme en quête de vérité pour parler aux adolescents et adolescentes d'aujourd'hui. Merci à ceux, nombreux, ados et adultes, qui m'ont témoigné combien ils en avaient été touchés. Peut-être aurez-vous autant de plaisir que moi à les retrouver dans d'autres pages, d'autres livres.

REMERCIEMENTS

Ce roman doit beaucoup à mes longues conversations téléphoniques avec **Virginia Mekiri,** qui m'a patiemment initié aux miracles et aux tragédies de l'orientation scolaire. C'est **Virginie Marchand** qui m'a guidé jusqu'à elle.

Ce roman doit aussi énormément à **Jean Lefaucheux,** qui m'a accueilli aux Vergers de Mothois, m'ouvrant les portes d'un monde agricole non dénué de similitudes avec le métier d'auteur. Sa passion, son parcours et sa famille ont été inspirants à plus d'un titre.

Caroline, amoureuse des animaux, guide et précieuse interviewée, je te souhaite une belle route, loin du lycée.

Cécile Marpeau m'a raconté son bonheur d'enseigner, ses espoirs et ses doutes, sans craindre de finir noyée sous mes questions.

Clémentine Pillon Vallée et **Magalie Bossuyt**, indics réactives dans les méandres de Pronote et des programmes de français, même en pleines vacances

Marie-Laure Dufour et **Nathalie Gilot**, tout a commencé il y a déjà trois ans ! Les trajets en voiture, la nuit en pensionnat, les dizaines de mails, et les innombrables informations que vous m'avez données ont été indispensables à la construction de cette histoire. Merci aux **élèves, enseignants, surveillants et au directeur du lycée professionnel agricole du Pays de Bray**, qui m'ont reçu et répondu avec bienveillance.

Parmi tant d'autres rencontres dans les lycées agricoles de toute la France, un merci particulier à **Sandrine Meszaros** et à **Michèle Ferrié** pour leurs conseils… et pour la moto 50 cm^3 !

Véronique Agnieray et **Fanny Lionet**, pour un test de Bechdel évanoui en cours d'écriture.

Valentine et Amélie Delage, pour les *convos* lexicales sur Messenger. Bises, **Élise** !

Anne-Laure, pour ses conseils professionnels et amicaux.

Emmanuelle Gagelin, pour ma propre survie et pour Invictus.

Anne, merci d'avoir accepté la lourde tâche de devoir trouver mon manuscrit génial, d'apaiser mes doutes et d'entretenir ma foi.

Enfin merci à **Musset**, que j'aime moi non plus, en pointillé, depuis de longues années malgré moi, malgré lui.

L'AUTEUR

Depuis 2010, GAËL AYMON s'est tourné vers la littérature jeunesse après une expérience de comédien, scénariste, réalisateur et producteur. Auteur de quatre titres dans la collection "Romans Ado" aux éditions Actes Sud Junior, *Ma réputation*, *Oublier Camille* et *Les Héros oubliés* (*Tome 1 – Aux portes de l'oubli* et *Tome 2 – Les Maîtres*), il publie également chez Nathan, Gallimard et Talents hauts. Il vit en région parisienne.

DANS LA COLLECTION "ROMANS ADO"

UENO PARK
Antoine Dole

Ueno Park, immense étendue de verdure en plein cœur de Tokyo. On y découvre notamment Ayumi, une *hikikomori*, qui sort pour la première fois de chez elle après plus de deux ans de réclusion. Haruto, un jeune lycéen qui tente de reconstruire sa vie après l'expérience traumatisante du tsunami de 2011 ; Nozomu, un adolescent SDF qui a dû abandonner le domicile familial. Ces adolescents ne se connaissent pas mais ont en commun de ne pas se conformer, de rejeter les codes traditionnels de la société japonaise et d'affirmer un style de vie, un furieux désir de liberté. À Ueno Park, ils vont se trouver réunis pour Hanami, le spectacle de l'éclosion des cerisiers. Ce moment de renaissance va permettre à chacun d'explorer sa propre solitude.

DANCERS
Jean-Philippe Blondel

Un triangle amoureux. Anaïs, Adrien et Sanjeewa : l'ancienne gymnaste à la carrière contrariée, le garçon en colère contre l'injustice familiale et le fils d'immigrés tamoul que l'on ne sait pas trop où caser. Ces trois-là se croisent, s'aiment, se séparent puis se retrouvent. Mais au-delà des sentiments, ce qui les relie irrésistiblement est la passion de la danse, du hip-hop. Le battement des corps. Avec une énergie indomptable, le trio réinvente les lois de l'attraction dans la vie comme sur scène.

COUPÉE EN DEUX

Charlotte Erlih

Depuis le divorce de ses parents, chaque dimanche soir, c'est le même déchirement pour Camille. Elle connaît la fissure créée par la garde alternée, elle l'a même apprivoisée avec le temps. Mais aujourd'hui, Camille doit faire un choix. Elle a rendez-vous avec la juge, son avis va être entendu. Désire-t-elle rester à Paris avec son père, sa nouvelle compagne et leur bébé ? Ou bien préfère-t-elle partir avec sa mère en Australie et changer complètement de vie ?

NIGHTWORK

Vincent Mondiot

Patrick, 14 ans, fan de dessins et de jeux vidéo, vit dans une cité avec son grand frère Abdel et leur mère. Le premier fait des allers-retours en prison tandis que la seconde est coincée entre une vie qui ne la satisfait pas et un alcoolisme rampant. Mais ce terne quotidien va prendre un tour carrément macabre et inattendu. Pour sortir de ce cauchemar éveillé, Patrick peut compter sur l'attachement indéfectible d'Abdel, leur culot et leur sens commun de la débrouille.

Ouvrage réalisé par l'atelier graphique Actes Sud, achevé d'imprimer sur Roto-Page en septembre 2018 par l'Imprimerie Floch à Mayenne pour le compte des éditions Actes Sud, Le Méjan place Nina-Berberova, 13200 Arles.
Dépôt légal 1re édition : octobre 2018
N° impr. : 93091 (Imprimé en France)